U0619533

安妮的世界 ❸

爱德华岛的安妮

Anne of the Island

（加）露西·莫德·蒙哥马利[著]　李常传[译]

二十一世纪出版社
21st Century Publishing House
全国百佳出版社

图书在版编目（CIP）数据

爱德华岛的安妮 /（加）蒙哥马利 (Montgomery,L.M.) 著；李常传译 . -- 南昌：二十一世纪出版社，2014.6(2022.4重印)
（安妮的世界）
ISBN 978-7-5391-9198-0

Ⅰ.①爱… Ⅱ.①蒙… ②李… Ⅲ.①儿童文学 – 长篇小说 – 加拿大 – 现代 Ⅳ.① I711.84

中国版本图书馆 CIP 数据核字 (2013) 第 292419 号

版权合同登记号 14–2009–279

爱德华岛的安妮　　　　　　　　　　　　　（加）露西·莫德·蒙哥马利 [著] 李常传 [译]

策　　划	张秋林	
责任编辑	周向潮	
特约编辑	文　欢	
出版发行	二十一世纪出版社	
	（江西省南昌市子安路 75 号　330025）	
	www.21cccc.com　cc21@163.net	
出 版 人	张秋林	
经　　销	新华书店	
印　　刷	三河市人民印务有限公司	
版　　次	2017 年 8 月第 2 版　2022 年 4 月第 2 次印刷	
开　　本	880mm×1260mm　1/32	
印　　张	8.5	
字　　数	171 千	
书　　号	ISBN 978-7-5391-9198-0	
定　　价	22.00 元	

赣版权登字—04—2013—840
如发现印装质量问题，请寄本社图书发行公司调换 0791-86524997

序

曹文轩

何为上乘小说？

可能会有各种各样的评价标准，但无论如何，大概总要承认，它之所以称得上上乘，最重要的标志就是它塑造了一个乃至几个永不磨灭的形象。作为一部穿越了时空，在今天，在世界的任何一个地方都会熠熠生辉的作品，蒙哥马利的"安妮的世界"系列为世人塑造了一个叫安妮的女孩的形象。这个形象，始终占据世界文学长廊的一方天地，在那里安静却又生动无比地向我们微笑着，吸引我们驻足，无法舍她而去。从阅读"安妮的世界"系列的第一本《绿山墙的安妮》开始，就注定了在掩卷之后我们要不由自主地回首张望，向那个让人怜爱的孩子挥手，再挥手。我们终于离去，山一程，水一程，但不知何时，她却悄然移居我们心上，在今后漫长的人生岁月中，不时地幻化在你的身边，就像她总也离不开风景常在的"绿色屋顶"一样。她的天真纯洁，会让你感动，会让你的灵魂不断得到净化；她柔弱外表之下的那份无声的坚韧，会让你在萎靡中振作，让你面对困难甚至灾难时，依然对天地敬畏，对人间感恩。这个脸上长着雀斑、面容清瘦、一头红发的女孩，是你的"绿色屋顶"，而你也是她的"绿色屋顶"。一个形象能有如此魅力，可见这部塑造了她的作品在文学史上举足轻重的地位。

这是一部具有亲和力的作品。

有一些作品，即使是一些被文学史家和批评家们津津乐道的作品，我们阅读它们时总是很难进入，它们仿佛被无缝的高墙所围，我们转来转去，还是无门可入，只好叹息一声，敬而远之。即使勉强进入，总有一种挥之不去的距离感，读完最后一页，我们依然觉得那书在千里之外冰冷着面孔，像尊雕塑。阅读《绿山墙的安妮》却是另样的感受——说不清的原因，当年我在看到书名时，就有了阅读它的欲望。看来，一部书有无亲和力，单书名就已经散发出来了。接下来就是流畅的毫无阻隔的阅读。这部书是勾魂的。它以没有心机的一番真诚勾着你。它在叙述故事时，甚至没有总是想着这书究竟是给谁读的，作者只是把心中想说的话说出来。这是倾诉，也是亲和力产生的秘密：倾诉就是对对方的信任，这时，你与对方的距离感就消逝了——所有的人都是喜爱听人倾诉的，因为那时他有一种被信任感。"安妮的世界"显然带有自传性，说的是一个叫安妮的女孩，而实际上是在说作者自己——露西·莫德·蒙哥马利。这是她自己的故事，现在她要把它们诚心诚意地讲出来。我们在听着，出神地听着。

"安妮的人生"应成为一个话题。

安妮的人生称得上是完美而理想的人生，她是我们所有愿意更好地活着的人的榜样。之所以这样说，是因为除了具有善良、真诚、聪明、勤劳、善解人意、富有勇气等品质，她还有一个让我们羡慕的品质：善于幻想。幻想使她的精神世界异彩纷呈，使她在绝望中看到了生路。通过幻想，她巧妙地弥补了人生的种种遗憾和许多苍白之处。她的幻想是诗性的。在与玛莉娜谈论祷告时，她说，上帝是种精神，是无限、永恒、不变的，他的本质是智慧、力量、公正、善良、真实。她很喜欢这些词。她对玛莉娜说，这么长一串，好像一首正在演奏的手风琴曲子，它们也许不能叫诗，但很像诗，对不？当玛莉娜为她做的上学的衣裙并不是她喜欢的而她又无法改变这个事实时，她说："我会想象自己是喜欢它们的。"正是这些幻想，使她的不幸人生获得了诗性的拯救。诗性人生无疑是最高等级的人生。许多危急关头，许多尴尬之时，她正是凭借幻想的一臂之力，而脸色渐渐开朗，像初升的太阳，眼睛如星辰般明亮起来。而这时，世界也变得明亮起来。

还有，就是它的无处不在的风景描写。

今天的小说，很难再看到这些风景了，被功利主义挟持的文学，已几乎不肯将一个文字用在风景的描写上了。"安妮的世界"离不开风景，离开风景，对于作者来说，几乎是不可想象的。而安妮离开风景，就会失去生趣，甚至生命枯寂。她的湿润，她的鲜活，她的双眸如水，皆因为风景。她孤独时，要对草木诉说；她伤心时，要对落花流水哭泣。万物有灵，一切都是她生命的组成部分。紫红色樱花的叶子，是她的"漂亮爱人"，她要成为穿过树冠的自由自在的风儿，她喜欢凝视夕阳西下时的天空……一开始，当她想到马修可能不来车站接她时，她想到晚上的栖息之处竟然是在一棵大树上：月光下，睡在白樱花中。她是自然的孩子，她是一棵树。自然既养育了她，也教养了她。

看看这样的书，像安妮那样活着。

C 目 录
Contents

第一章

变化的预兆

"收割后，一切工作都完成了。夏天也算过去啦！"

安妮瞧着收割后的田园，做梦似的呢喃着。在绿色屋顶之家摘苹果的安妮与黛安娜，正在向阳处舒喘一口气。蓟草的绵毛絮乘着风翼，轻盈地飘到两个少女身处的角落，然而，刮过魔鬼的森林的羊齿草上面的温馨风儿，仍然飘散着夏天的余韵。

话虽如此，环绕着她俩的风景，分明已经悄悄地告诉她们秋高气爽的季节来临了。对面遥远的海洋，正发出有气无力的呻吟声，光秃秃的原野显得干巴巴的，只有一些不知名的小黄花点缀其间。

绿色屋顶之家下面——也就是狭谷的那一条小河旁，如今正开遍了淡紫色的还魂花，至于闪耀的湖泊的水色嘛……今天都一律保持着青青的单纯色彩。这种青色，并非瞬息万变的春季的青色，更不是夏季的浅蓝色，它是一种澄清而不变的沉静碧蓝色，仿佛历尽沧桑的人，情绪已经甚为稳定，不再被空虚

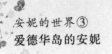

的梦幻所搅乱。

"这是一个很别致的夏天,"黛安娜扭动她左手的新戒指,莞尔一笑,"这个夏天的最高潮,无非是拉宾达小姐的婚礼。现在,艾宾夫妇可能已经抵达太平洋海岸了吧?"

"自从拉宾达小姐那伙人走了以后,在我的感觉里,仿佛是绕了世界一圈,经过了一段十分漫长的时间呢!"安妮叹了口气说,"我真不敢相信,那对人儿结婚才一个星期。因为一切都变得太快啦!拉宾达小姐跟亚兰夫妇都不在了!牧师馆的百叶窗都被拉下来啦!给人一种寂寞难当的感觉!昨晚,我一个人经过那儿,感觉里面的人都仿佛已经亡故了。"

"像亚兰先生那么好的牧师,恐怕很难再碰到了呢!"黛安娜忧郁地说,"在这个冬季里,很可能有个代理牧师来临。不过依我看哪,我们恐怕将有一半的星期天无法听到说教了!而且,你跟吉鲁伯特就要走啦!真是叫人感到沮丧。"

"奇怪……你不是有心肝宝贝弗雷德吗?"安妮闪烁着智慧的眸子。

"林顿夫人什么时候搬过来呀?"黛安娜装作没听到安妮的话似的。

"明天,我很高兴林顿伯母搬过来——这也是变化的一种呀!昨天,玛莉娜和我把客房的杂物彻底整理干净了。老实说,我非常不喜欢那样做。或许,这是一种可笑的感情吧——那时我感觉自己似乎亵渎了神圣的东西。因为小时候,我一直认为客房是全世界最好的房间呢!我想你一定还记得吧?能在客房睡觉是我生平最大的愿望——可我并非指绿色屋顶之家的客房。我对绿色屋顶之家的客房，一向抱持着敬畏之心，所以一直不敢在那儿睡觉！有时，玛莉娜叫我进去取东西时，我仍然不敢在那儿走来走去——我是说真的！我仿佛是走进教会一般，屏住呼吸，蹑手蹑脚地走路，必须一直等到走到外面，才敢舒一口气呢！在客房的镜子两侧，有着乔治·怀特菲尔①和威灵顿②的肖像画，每当我踏入那间客房，他俩就会目不转睛地凝视我。偏偏那面镜子又是家里最清晰的镜子。有一次，我鼓起勇气，想仔细瞧瞧自己的脸，谁知他俩以吓人的表情瞪着我，叫我不寒而栗！我非常佩服玛莉娜，因为她能够从容地进入里面打扫咧！如今哪！他俩已经被迁移到二楼的大厅了。唉……有道是'风水轮流转，十年河东，十年河西'。"安妮说着笑了起来，不过她的笑容里面还有一丝哀愁。

往昔，她所敬畏的古老神殿，竟然遭受到废除的命运。如今，虽然安妮已经长大，不再对那个神殿感兴趣，但是眼看着它被废除，内心也不怎么愉快。

"待你走了以后，我一定会感到寂寞难耐，"到此为止，黛安娜已经叹息了一百遍，"一想起你下星期就要走，我就……"

"可是，好歹我俩还在一起呀！你就不要想着下星期的事，破坏了这个星期的欢乐嘛！"安妮爽朗地说，"眼看不久就得离开这儿，我也感到非常难过——因为绿色屋顶之家和我是肝胆

①英国宗教家，1714~1770。　②英国政治家，1769~1852。

相照的朋友呢！感叹寂寞的人，应该是我才对。在这里，你有好几个青梅竹马的好友，况且还有亲爱的冤家——弗雷德呢！至于我呢？必须一个人投入完全陌生的环境里去！"

"哪儿的话呀！你不是有吉鲁伯特吗？而且还有那个拜倒在你石榴裙下的凸眼查理咧！"黛安娜学着刚才安妮揶揄她的口吻说。

"可不是吗？凸眼查理想必会百般安慰本姑娘啰？"

安妮如此调侃自己，使得她跟黛安娜都笑出了眼泪。

黛安娜很清楚查理在安妮心目中的地位。不过，她虽然前前后后试探了很多遍，仍然不明白安妮对吉鲁伯特的心。这也难怪，因为连安妮本人也搞不清楚呢！

"据我所知，男生将下榻于金斯伯德，"安妮说，"我很高兴能上雷蒙大学。我想不久以后我就会喜欢它。不过在最初的两三个星期里，我一定会感到不习惯。因为它和皇后学院不同，就连周末也不能回家。至于圣诞节嘛！仿佛还有一千年那么遥远呢！"

"什么东西都在改变——任何东西都试着改变呢！"黛安娜悲哀地说，"安妮，我认为什么事物都无法恢复到原来的样子了。"

"我想，咱们已经来到了岔路口了！"安妮想了一阵子又说，"反正，咱们不选择一条道路继续走下去是不行的！黛安娜，变成大人这回事儿，是否跟咱们小时候想象的情形一致，是一件很惬意的事儿呢？"

"我也不知道啊——叫人感到惬意的事儿，或许真的有一些吧……"说到这里，黛安娜又浮出了微笑，抚摸了一下她手上的戒指。每逢安妮看到这种情形，她就会感觉自己落后了似的，并会产生一种缺乏经验的感觉。"不过，难免也有感到彷徨的时候。这种时候，总是很害怕变成大人，真希望能回到小时候啊。"

"但是经过几次以后，咱们就会习惯大人的生活的，"安妮快活地说，"结果呢？咱们将发现，让咱们感到意外的事情并不很多——其实如果完全没有意外事件的话，人生就了无趣味了。黛安娜，我俩已经十八周岁啦！再过两年就是二十了。在十岁时，我认为到了二十岁时，我将变成稳重的大人呢！转眼之间，你就会变成庄重的中年主妇。至于我呢？将摇身变为单身的安妮阿姨，到了休假的日子，我会来瞧瞧你们一家大小。所以……你得随时为我准备下榻的地方哦。当然啦！不必准备什么客房——因为单身的妇女不会想住什么客房。而且我会始终客客气气，不给你添麻烦。我想，只要客厅旁边的一间小房间就够了。"

"安妮，你怎么突然说出那种傻话呢？"黛安娜笑着说，"你一定会跟富有的美男子结婚的——到时候，就算是艾凡利最奢华的客房，也配不上你的身份呢！所以……你一定会抽动你秀气的鼻子，藐视你所有年轻时代的朋友。"

"我才不会那样呢！"安妮抚摸着她秀气的鼻子说，"既然你认为我的鼻子长得秀气，我就会更爱惜它啦？怎么能够动不动就抽动它呢！如此一来，它不是会报废了吗？我向你保证，就算我嫁给了食人族的酋长，也不会去抽动自己秀气的鼻子！"

两个少女再度爽朗地笑起来，黛安娜回到果树园山坡的家，安妮踽踽地来到了邮局。在那儿，有一封信正等着她。当吉鲁伯特在闪耀的湖泊的木桥上追上安妮时，安妮正兴奋地看着那封信。

"哇！"安妮嚷了一声，"想不到普莉西拉也要进雷蒙大学呢！本来，她的父亲不希望她上大学，想不到后来又同意啦！她来信表示要跟我住在一起。真是谢天谢地啦！如此一来，就是雷蒙大学的教授全部跟我对阵，我也敢对他们宣战了！"

"我想大伙儿都会喜欢金斯伯德那个地方。那是一座很宜人的古城，据说拥有享誉全世界的自然公园呢！那座公园的景色非常壮观。"

"难道比艾凡利还美吗？我认为不大可能。"安妮以一种慈母疼爱子女的眼光，以心满意足的表情环顾着四周说。

她的眼光无不在表示——就算在同一片星空之下，有着胜过故乡一万倍的异乡，她也永远会认为故乡才是最美丽的地方。

一对少年男女斜倚在桥梁上面，沉醉在梦乡似的薄暮景色中。这个地方也正是扮演艾伦公主的安妮，从逐渐下沉的平底船爬上桥墩的地方。光辉灿烂的晚霞染红了西边的天空。而且，月儿已经逐渐爬上来。在月光的轻拂下，一泓湖水仿佛变成了柔情的银色梦乡。片断式的追忆，在两个年轻人的心头，编织成了一种如醉如痴的梦境。

"安妮，你为何一句话也不说呢？"吉鲁伯特终于忍不住打开了话匣子。

　　"那是因为——我一旦打破了沉默，这种醉人的美梦很可能会消失殆尽。正因为我有这种念头，以致都不敢移动身体啊！"安妮嗫嚅着。

　　冷不防地，吉鲁伯特把他的手重叠在安妮放在栏杆的手儿上面。他原来淡褐色的眼睛，如今带上了深浓的颜色。他张开了仍然带着些许孩子气的嘴巴，想说说他的心里话。

　　想不到安妮却急速地抽回自己的手，快速转过身去。对安妮来说，薄暮的魅力已经被破坏殆尽了。

　　"啊！我非赶紧回家不可！"安妮煞有介事地说，"今天下午，玛莉娜又嚷着说头痛。这会，双胞胎又不知惹了什么祸端呢！我实在不该离家这么久……"

　　一直到走入通往绿色屋顶之家的小径，安妮都在说一些莫名其妙的话。可怜的吉鲁伯特连插嘴的余地都没有。当他俩分手时，安妮如释重负地舒了一口气。自从在回声庄的庭院，吉鲁伯特突然对安妮表达他的心意以来，安妮的内心就对吉鲁伯特有一种不曾有过的"不舒服"的感觉。以前在学校里的纯粹友情关系，似乎已经开始受到某种异物的干扰了。

　　"到今天为止，我不曾因看到吉鲁伯特离去而感到高兴……"安妮一个人在小径上面走着，内心感到又气恼又悲哀。她想着，"如果吉鲁伯特继续做那种动作的话，我俩之间的友情可能会支离破碎呢！噢……不不！我绝对不允许它支离破碎——我怎能使宝贵的友情支离破碎呢？唉……男孩子为何总是那么轻浮呢？"

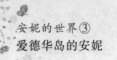

刚才吉鲁伯特的手重叠在她的手儿上面，现在，她仍然能够清楚地感受到他手上的温度。安妮不安地认为，这是否也意味着她自己的轻浮呢？

三天前的夜晚，安妮参加白沙镇的派对时，曾经跟查理·史龙一起看别人跳舞。那时，凸眼查理做了跟吉鲁伯特类似的举动，但那次的感觉跟这次完全不同，安妮不禁打了一个寒战。

不过，当进入绿色屋顶之家的厨房时，她立刻忘掉了男孩子们轻浮的事情。因为，有一个八岁的男孩子正趴在沙发上面痛哭。

"你怎么啦，德威？"安妮抱起男孩子说，"玛莉娜和多拉在哪儿啊？"

"玛莉娜阿姨叫多拉上床睡觉，"德威抽泣着说，"安妮姐姐，你知道我为什么哭得这么伤心吗？因为多拉从阶梯掉进地下室，擦破了鼻子上面的皮肤——"

"噢……好啦，好啦，你不要哭啦！你是一个小乖乖。当然，多拉也怪可怜的。不过你哭得再凄惨，对多拉也毫无帮助啊。明天，多拉就会好起来的。德威乖，不要再哭啦！"

"安妮姐姐，你误会了！我并不是因为多拉掉进地下室而哭！我是在伤心——我分明在附近，为什么没有机会瞧到这种难得的场面呢？而且又是趣味十足的'头部在下，脚部在上'的跌落方式！我是感到遗憾才哭呀！每逢有趣味十足的事情发生，我就偏偏会错过！"

"天哪！德威！你好残忍！"安妮拼命忍住想大笑的冲动，骂起了小男生，"德威，多拉已经够可怜了，亏你还能说出这种残忍的话！"

"可是多拉并没有大碍啊，只是擦破了一点皮，"德威理直气壮地说，"如果多拉死了的话，我一定会感到非常非常悲哀。不过姓基督的人，是不会轻易死掉的！上星期三，哈普·利威从干草堆摔了下来，再跌进了输送芜菁的木槽，最后被抛入马厩里面。马厩里面有几头凶巴巴的马儿。哈普就滚到马儿的脚边。可是他还不是照样活得好端端的吗？只不过折断了三根骨头嘛！林顿阿姨说过，有些人就是用斧头劈他也劈不死呢！对啦！安妮姐姐，林顿阿姨什么时候搬过来呢？"

"明天就要搬来啦！今后你可要做一个好孩子哦！"

"我当然会做一个好孩子。安妮姐姐，林顿阿姨会抱我到床上睡觉吗？"

"我想会的，你问这个干吗？"

"如果真是那样的话，我就不在阿姨面前祈祷啦！因为我认为在别人面前跟神说话有些不妥，除了在你面前。"

"德威，只要你不忘了祈祷，不在林顿阿姨面前祈祷也无所谓。"

"安妮姐姐，你为何要抛下我们，离家出走呢？我实在不明白。"

"姐姐又何尝喜欢离家呢？德威，姐姐实在非走不可啊！"

"有什么非走不可嘛！安妮姐姐，米鲁帝的妈妈说，姐姐上大学的目的，无非是想抓住一个男人。"

在那一瞬间，安妮的怒火燃烧了起来，但是很快的，她就开怀笑出来——波尔多夫人卑劣而粗俗的想法，怎么能伤害到我呢？想到这里，安妮就平静下来了。

"德威，米鲁帝的妈妈说错了。姐姐上大学的目的，无非是要更进一步用功，学习一些做人做事的道理。"

"如果姐姐抓不到一个男生的话，应该如何是好？我很想知道。"德威对这个问题似乎特别感兴趣，以致追问不舍。

"德威，关于这个问题，你就去请教米鲁帝的妈妈吧！因为她懂的比姐姐还要多。"安妮以轻蔑的口吻说。

"下一次碰到米鲁帝的妈妈，我一定要问个一清二楚。"德威兴味十足地说。

"德威！你竟敢——"安妮感到自己说过了头，在尴尬之余叫嚷道。

"姐姐，是你自己叫我去问米鲁帝的妈妈的呀！"德威有些不服气地说。

"现在是你上床的时间啦！"安妮只好如此对德威下命令，以掩饰自己的尴尬。

待德威睡着以后，安妮独自走到了维多利亚岛，在朦胧的月光照耀之下，坐在那儿跟夜幕为伍。她周围的小河与风儿演出了二重奏，使河水喜滋滋地笑起来。安妮很喜欢这条小河。在过去几年的岁月里，她就在这儿编织过许多美梦。此刻，安妮已经忘了为爱而烦恼的年轻人，左邻右舍的闲言碎语，以及

少女内心的种种烦恼。

傍晚的星星带着她到幸福之岛"亚特兰蒂斯"①和"艾尔希姆"②遨游。

梦中的安妮比现实生活中的她丰饶多了。因为眼睛能够看到的东西，无一不会成为过眼烟云。至于眼睛看不见的东西，则将永远不灭。

---

①柏拉图作品中描述过的传说中的乌托邦，据说后来神秘消失，数千年来今西方人魂牵梦萦，美国的一架航天飞机就是以此命名。

②希腊神话人物之一，生前为神祇所钟爱的人，死后就在此地过着幸福的生活。

第二章

秋天的欢乐

　　接下来一个星期，安妮所谓的"惜别会"，多得犹如天上的繁星，几乎使她疲于应付。有一晚，艾凡利改善会的人们，借用了乔依·派尔的家，为安妮和吉鲁伯特召开一场欢送会。虽然时间不太长，但是所有到会的人都眉开眼笑，表现出了融洽的气氛。甚至连派尔家的姐妹也变得和蔼可亲，再也不搅局，更不破坏当场的气氛——对那些尖锐刻薄的派尔家姑娘来说，这是一件近乎邪门的事情。

　　乔依一扫过去的刻薄形象，好心好意地对安妮说："安妮，你的新衣服很漂亮。你穿着这件衣服，可以说是美女了呢！"

　　"谢谢，我感到非常高兴。"安妮眉飞色舞地回答。

　　近些年来，安妮的幽默感已经相当强，如果在十四岁时听到这句话，她必定发作不可，可如今……她已经能够一笑置之啦！

　　乔依认为安妮在微笑的表面下，嘲笑着她刻薄的劣根性，所以她在下楼时对卡蒂芭说："安妮就要进大学啦！她自以为了

不起，比以前更会装腔作势了呢！"

老同学们全部到齐。他们那种年轻人蓬勃的朝气，把整个集会场弄得热闹非凡。玫瑰色面颊上浮现两个酒窝的黛安娜，由忠实的弗雷德随侍在侧。琴恩一身朴实的打扮，看起来犹如不食人间烟火的仙女，落落大方，美丽不俗。琪丽儿穿着奶油色的绸缎衣服，金黄色的秀发上插着一朵大红色的天竺葵，艳丽得叫人不敢逼视。吉鲁伯特跟查理两个男生想尽办法要接近安妮，但是安妮一直活跃个不停，根本就不给他俩机会。

麦克法森的面孔，仍然像盘子一般圆圆的，那对叫人看了皱眉头的耳朵，仍然还是老样子。琴恩的哥哥——比利，一整夜都坐在角落里，每逢有人对他说话，他就咻咻笑几声，长满了雀斑的大盘脸，光采焕发，一双小眼睛一直守着安妮。

安妮跟吉鲁伯特是改善会的创始人，正因为如此，会员们除了隆重地发表感谢之词，还赠送给安妮一册莎士比亚的戏曲集，送给吉鲁伯特一支钢笔。安妮不曾预料到有这件事情，以致惊讶万分。当麦克法森以牧师的口吻发表演说时，安妮的心深深地被那些赞词所打动。所以一双闪闪发光的灰色大眼睛，竟然被泪水淹没了。

为改善会鞠躬尽瘁的安妮，眼看着会员们如此感谢自己的辛劳，内心一直暖烘烘的。于是她对每个人都充满了好感，愉快地跟大伙玩闹——甚至就连派尔家的姑娘也让安妮感到可爱可亲。在那一瞬间里，安妮爱上了全世界。

当安妮跟吉鲁伯特在洒满月光的阳台吃晚餐时，吉鲁伯特又一时疏忽，犯了安妮的大忌，感伤地对安妮儿女情长了起来。安妮为了处罚他，故意对查理撒娇，允许查理送她回到绿色屋顶之家。谁知这么做，倒霉的人还是安妮。因为吉鲁伯特欢天喜地地送琪丽儿回家，他俩在宜人的秋夜里并肩而走，阵阵愉快的谈笑声传入了安妮的耳朵里。

至于安妮呢？她对查理所说的话全然不感兴趣，简直是味同嚼蜡哩！安妮只是心不在焉地附和着，说一些"嗯"以及"就是嘛"的字眼。头脑里一直想着今夜的琪丽儿美得离了谱儿……在月光照耀之下，查理的眼睛骨碌碌得吓人！比白昼更叫人感到害怕！由此看来，这个世界根本就没有她刚才想象的完美。

"我一定是太疲倦了！"躺在自己的床上以后，安妮自言自语道。

第二天黄昏，当吉鲁伯特以他惯有的稳健脚步，穿过魔鬼的森林，走过小木桥而来时，一泓喜悦的泉水，在安妮内心溅出了水花。换句话说，吉鲁伯特并不准备跟琪丽儿度过最后的夜晚。

"安妮，你看起来很疲倦。"吉鲁伯特关心地说。

"可不是吗？而且情绪不太好。疲倦的来由是——我整理了旅行箱，又缝制了一些东西。至于情绪不好嘛……还不是有六个妇人来跟我道别，每个人都说出了仿佛十一月早晨一般的灰色、忧郁的话，几乎把人生的灿烂色彩给抹杀殆尽了呢！"

"安妮，你何必在乎那些话呢？"吉鲁伯特说，"她们虽然不是什么坏人，但是你也非常清楚，她们的人生观很狭窄。不管是对于什么，只要是她们不曾尝试过的事情，她们都会表示厌恶。你是艾凡利第一个上大学的女孩，你也知道，所有的先驱者，都会被认为是问题重重的人。"

"嗯，我当然知道。不过知道跟感觉到，是全然不同的两回事儿。我的常识认同你所说的话，然而有时候，那种常识完全不管用。因为非常识的东西，占据了我所有的感觉……"

"安妮，你太累啦！不如把那些事情忘掉，跟我一起去散步！我们可以穿过沼泽到对面的森林，在那儿徜徉呢！在那儿，我让你看一样东西。它一定还在。"

"它一定还在？换句话说，你也不敢确定啰？"

"是啊！因为那是今年春天的事情了。所以我不敢十分确定它还存在。来吧！我们一起重温童年的旧梦，再走一趟风伯伯的道路吧！"

他俩嘻嘻哈哈一块走。安妮想到了昨夜不愉快的经历，对吉鲁伯特格外亲切。吉鲁伯特也学乖了，再也不越出同学之间的感情范围。玛莉娜跟林顿夫人从厨房的窗户瞧着这对年轻人儿。

"他俩不久后，将是一对热恋情侣。"林顿夫人以祝福的口吻说。

玛莉娜轻轻地点头。她内心也希望这样，不过，既然林顿夫人已经煞有介事地说了出来，玛莉娜却不想顺她的意思，而是淡然地回答："其实，他俩还小嘛！"

林顿夫人笑容可掬地说："不小啰，安妮已经十八岁啦！我在那种年纪已经嫁给汤马斯了！咱们这些老太婆都一样，总以为孩子们一直都长不大！安妮已经是一个很成熟的女人，吉鲁伯特也是一个稳重的男人。任谁看了都会知道，吉鲁伯特对安妮崇拜得五体投地。我真希望安妮到了雷蒙大学，别盲目谈恋爱。我从来就不赞成男女在同一个学校就读。那种杂七杂八的大学，学生除了乱搞男女关系，还能干什么正经的事儿呢？"

"但是，多多少少也可以念一些书啊！"玛莉娜微笑着说。

"最多也只能学到一丁点儿！"林顿夫人嗤之以鼻地说，"不过，安妮是例外。那女孩绝对不会乱搞男女关系。关于这点，我可以对你保证！可惜，安妮还不晓得吉鲁伯特的心意呢！实在是太遗憾啦！咱们是过来人啦！对于女孩子的内心，可说了如指掌。我也清楚，查理·史龙对安妮也很痴迷，不过我可不希望安妮嫁到史龙家。当然啦，史龙家的人很正派，都是好人。不过，史龙家毕竟是史龙家。"

玛莉娜点点头。对一个旁观者来说，或许听不懂"史龙家毕竟是史龙家"这句话的含义，但是玛莉娜却懂得很透彻。不管到哪个村落，都不难找到这种类型的人。善良而正派，但是永远脱离不了"平凡"两个字！史龙家就是这种典型。

吉鲁伯特与安妮并不知道，林顿夫人已经论断了他俩的将来，仍然并肩在渐渐暗下来的魔鬼的森林行走。在他俩的对面，也就是在玫瑰色与淡青色的天空下，小丘的周围正沐浴着琥珀色的夕阳。远处的针枞树林发出了青铜色的光辉，在高台地的牧场投下长长的影子。不过在他俩的周围，在枞树的垂花之间，微风正在歌唱，带来了浓厚的秋色。

"这座森林充满了我童年时的回忆。"

安妮弯下身子，折了一段披着秋霜而变白的羊齿草小枝说："我仿佛又看到了小时候的黛安娜与我，坐在暮霭包围的妖精之泉，等着鬼魂的现形呢！吉鲁伯特，每逢我在黄昏走过这条小径时，总是会不期然地想到那时的恐怖气氛，以致浑身起鸡皮疙瘩哩！在我们想象的鬼魂里面，有一缕鬼魂最叫人感到丧胆——他就是被杀死的婴儿的幽魂。他喜欢从背后靠近我们，再用他冷若冰霜的手指，触摸我们的手指。说实在的，直到现在，只要黄昏以后来这儿，我总是会感觉到背后有隐隐约约的脚步声。对于白衣贵妇人、没有头颅的男人以及白骨，我再也不会感到恐怖，可是我很后悔凭想象塑造出那个婴儿的鬼魂。为了这件事，巴利夫人和玛莉娜把我骂得狗血淋头呢！"

说到这里，安妮莞尔一笑。

当他俩穿过仍旧有太阳光余温的山谷后，吉鲁伯特终于发现了他正在寻找的东西。

"啊！就在这儿！"吉鲁伯特满足地说。

"哇！是苹果树！它怎么会长在这种深山里面呢？"安妮高兴地嚷叫了起来。

"它可是正宗的苹果树哦。这儿距离最近的果园也有一里呢！想不到它却单独生长于一片松树和山毛榉之间。今年春天，我偶然到这里时，看见它开满了白花，所以决定到了秋季再来这里确定一下它是否是苹果树。你瞧！枝丫上一连串的苹果！看起来似乎很可口——犹如冬季的苹果一般鲜红。大体上说来，野生的水果都是青涩而不好吃。"

"这棵苹果树一定是在好多年前，有人偶然地丢下一颗种子，使它长出来的……"安妮呓语般地说，"虽然不是被刻意安排的，它还是在异类包围之中，生长得如此良好，树干健壮，树叶茂盛，一直坚守着自己的立场。真是一棵勇敢的树！"

"这里有一棵长满青苔的树。你就暂且把它当成坐垫，坐在那儿休息一下吧！我爬到树上去摘苹果。因为它们都长在很高的地方——想必是为了争取更多的阳光。"

那些苹果非常的可口。红豆色的果皮下面，有着略带红色条纹的白色果肉。风味跟一般人工栽培的苹果不同。

"我想，宿命性的伊甸园苹果也没有那样好吃吧！吉鲁伯特！我们回去吧！三分钟以前还是薄暮，现在，月亮都升上来啦。来不及捕捉那个交替的刹那，实在太遗憾了！"

"我们绕过沼泽，穿过恋人小径回去吧！安妮，你现在的心情是否比刚才顺畅些了？"

"嗯……好多了！对于饥饿的灵魂来说，你摘给我吃的那些苹果，就仿佛神送给我吃的'食粮'(Manna)一般。看样子，我一定会喜欢雷蒙学院的，而且将在那儿度过灿烂的四年时光。"

"那么，四年以后，你有什么打算呢？"

"噢……待四年过去后，我又会走到人生的拐弯处啊！"安妮很快活地回答，"我完全不晓得拐过了弯，将碰到什么东西——其实，我也不想知道。不知道才具有神秘感呢！"

那一夜，恋人小径在青白色月光的拥抱之下，显得更为神

秘。一对年轻男女都不想开口说话，在一股充满了亲密与爽快的沉默气氛中，缓慢地踏上归途。

如果吉鲁伯特每次都能够像今夜这样的话，一切都能够叫人感到舒适，同时，一切也能够进行得很顺利——安妮如此想着。

吉鲁伯特凝视着在他身旁走着的安妮。她穿着轻盈的服装，身材窈窕，使人想起了白色的姜蒲花。

"这女孩的心中难道一点也没有我的存在吗？"缺乏自信的吉鲁伯特，内心突然感到一阵疼痛……

第三章

出　发

　　星期一早晨，查理·史龙、吉鲁伯特·布莱斯、安妮·雪莉等人，浩浩荡荡地从艾凡利出发。

　　安妮醒过来时，雨点正敲打着窗户，池塘的灰色水面覆盖着不断扩大的波纹。山丘和海洋躲在雾霭背后，整个世界看起来又黑暗又沉寂。安妮拼命地控制着快要流出的眼泪。现在，她就要离开生活了那么久的家园。她有一种不祥的预感，认为除了休假日匆匆回来探望，再也不能够回到此地生活了。

　　由少女时代的梦幻所盘踞的东边卧房、冰雪女王、洼地小河、妖精之泉、魔鬼的森林、恋人小径以及数不清的场所，都有对于过去岁月怀念的痕迹。到了别的地方，我仍然能够有如在此地一般，感受到那种刻骨铭心的幸福吗？安妮如此想着。

　　那个早晨，绿色屋顶之家的餐桌罩上了愁云惨雾。德威有生以来，第一次咽不下任何东西，他在一盘未曾动过的麦片粥前面，再也不管什么叫羞耻，哇哇大哭起来。其他人也吃不下

任何东西，唯独多拉除外。她不仅吃完了自己份内的东西，看到德威什么也没吃时，索性连德威的那一份都吃啦！

多拉虽然是个女孩，但是一向冷静得出奇，甚至连天塌下来，她也不会惊叫一声。即使到了八点钟，多拉也丝毫没有慌张的样子。安妮姐姐的离开，虽然叫她感到悲伤，但她觉得大可不必因此而牺牲早餐。

八点钟一到，穿着雨衣的黛安娜出现了，她玫瑰色的面颊泛出红潮，把马车一直驱到绿色屋顶之家的庭院。

告别的时刻终于来临。林顿夫人从她的房间走出来，紧抱着安妮，一再叮咛她，凡事以身体为重，好好照顾自己。玛莉娜眼眶里噙着泪水，有点生硬地吻了安妮的面颊，叮咛安妮抵达目的地以后立刻寄家书回来。多拉装模作样地吻了安妮，勉强挤出两颗小小的眼泪。

待大伙都离开了餐桌以后，德威又跑到里面的楼梯口号啕大哭，拒绝跟安妮姐姐说再见。当他看到安妮走向他时，他立刻跳了起来，一口气跑到楼上，躲在壁橱里面，任凭安妮说什么都不肯出来。德威悲切的哭闹声，是安妮离开绿色屋顶之家时，最后听到的声音。

安妮坐着黛安娜的马车抵达布莱多·利伐车站时，查理跟吉鲁伯特早就站在车站的月台上面恭候了。安妮买了车票，寄了旅行箱以后，慌慌张张地跟黛安娜道别。其实，她的内心很想跟黛安娜再度回到艾凡利，因为她预料自己可能会由于思乡病而死掉。偏偏在夏天刚过去，跟一切喜悦道别的今天，又碰到了这一阵增强愁绪的阴雨，这给了安妮一种强烈的感觉——全世界都在哭泣的感觉。

　　所幸，当他们下了火车，上了轮船，而在轮船出了夏洛镇港口以后，叫人感到郁闷的雨就停止了。太阳偶尔从云间散发出金黄色的光辉，使灰色的海闪出了红铜色的光芒，原本遮断岛屿红色海岸的雾霭，也逐渐被晴天前兆的金色光辉所包围。不久以后，查理·史龙因为严重晕船，不得不进入舱内。以致甲板上面只留下吉鲁伯特和安妮两个人。

　　史龙这一族人，一旦到了海上就会晕船，这件事帮了我不少忙……安妮产生了这种不够慈悲的想法。如果查理又儿女情长起来的话，我就不可能对怀念的乡土做最后一瞥了……

　　"安妮，我们终于出发啦！"吉鲁伯特说话的口气，没有一点儿感伤的成分。

　　"是啊！此刻，我的心情就跟拜伦笔下的'杰尔德·哈罗德'①一模一样——不过，我正在眺望的地方，并非我出生地的岸边罢了，"安妮说着，不断闪动着她的灰色大眼睛，"对我来说，诺伐·斯考西才是我真正的故乡。然而所谓的故乡的岸边，是指一个人最喜爱的土地。因此，那个叫人怀念的爱德华王子岛，才是我故乡的海岸。"

　　"我实在不敢相信，我并非一开始就居住在那儿。在进入爱德华王子岛以前的十一年，我仿佛是做了一场恶梦。上次搭乘

---

　　①英国诗人拜伦笔下的男主角，一直都在旅行。

这种客轮抵达爱德华王子岛，已经是七年前的事情啦！那年春季的某个黄昏，史宾塞太太从霍布镇把我带到此岛。那时的我一身古怪的装束：穿着陈旧的混织衣服，戴着褪色的海军士兵帽子。现在我只要闭起眼睛，仍然能够看到小时候的我，跑过来奔过去，在甲板和舱室探险呢！啊……那时正值黄昏，所以爱德华王子岛的红色海岸，一直在太阳光下闪闪发光呢！

"现在，我们却正在渡过海峡！噢……吉鲁伯特，我希望自己能够爱上雷蒙大学和金斯伯德，可是希望不大，我认为自己不可能爱上它们。"

"安妮，你的哲学依据到底在哪儿啊？"

"我想——很可能是被思乡及寂寞的波浪卷走啦！三年来，我连做梦也想进雷蒙大学，想不到真正启程时却——唉……如果不来那该多好！算了！只要痛快地哭一阵，我就能够恢复到平常的安妮了。不过，在钻入今夜寄宿处的棉被以前，我是绝对不能哭的……唉……德威不知从壁橱走出来了没有。"

到了当晚的九点钟，火车才抵达金斯伯德。三个来自艾凡利的年轻人走出了车厢，进入了青白色灯光照耀的车站。安妮正感到惊慌失措时，普莉西拉适时出现了。原来，普莉西拉在上星期六晚上就抵达了金斯伯德。

"安妮，你终于来啦！想必你也和我刚抵达时一般，感到异常疲倦吧？"

"噢……普莉西拉，我的确很疲倦呢！我是一个不曾见过大场面的乡巴佬，出门后，我一直认为自己十分幼稚！拜托你！

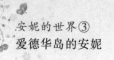

你就把我带到一个能够好好思考的地方吧！"

"好吧！我立刻就带你到我们寄宿的地方去！我已经叫了一辆马车在外面等了。"

"你来接我，实在叫我感到方便不少。普莉西拉，如果你没有来的话，我可能就会坐在行李箱上面哭起来了呢！在尽是一些陌生人的环境里，能够找到一张熟悉的脸儿，实在是叫人感到欣喜万分呢！"

"那个，就是吉鲁伯特吗？短短一年时间，他也长成大人啦！我在卡摩迪执教的时候，他还是一个小男孩呢！至于另外一个人，不用说，一定是查理啰？他是永远变不了的啦！据说他自从出了娘胎，就是那副样子，我想就算到了八十岁，他仍然会是那副样子吧。安妮，来吧！二十分钟后，我们就可以到达寄宿的地方了。"

"到寄宿的地方？"安妮呻吟了一声，"你所说的寄宿的地方，难道是叫人不敢领教的公寓，面对着后院，墙壁都被煤炭熏黑的卧房？"

"安妮，你别再任意发挥你的想象力了好不好？那不是叫人不敢领教的地方。好吧！你就上车吧！驾马车的人会把你的行李箱拿上车子。嗯……寄宿的地方并非下三滥的公寓——倒是一个很高雅的地方呢！它是古老的石造灰色宅第，位于圣约翰街，离雷蒙学院很近，走几步就到了。圣约翰街本来是伟大人物的住宅街，但是时势已经抛弃了它，如今那里的每个家庭，只能够追寻昔日的一场繁华梦罢了。正因为每栋房子都太宽敞，

为了把过大的空间填塞起来，每家都有一些寄宿的人。我俩将要寄宿的那家大婶就有这种想法。而且那些大婶挺不错的呢！"

"到底有几个大婶呀？"

"两个。就是哈娜和爱达。她俩是双胞胎，大约生于五十年以前。"

"不管我走到哪儿，总是会碰到双胞胎，"安妮爽朗地笑笑，"我这辈子跟双胞胎特别有缘嘛！"

"不过，现在看起来根本就不像双胞胎。远在三十岁那年，她俩看起来就不像双胞胎啦！哈娜已经老态龙钟，根本就没啥看头！至于爱达嘛，看起来永远停留在三十岁。我都不知道哈娜小姐是否会笑呢。因为到今天为止，我还不曾看到她展露过笑容呢！可爱达小姐几乎整天都在笑，不过那样更叫人难以应付。

"不过话又说回来啦！她俩都很亲切热心。她俩每年都要把两个房间租给别人。自从上星期六以来，爱达小姐就前后告诉我七遍，那是由于哈娜小姐的经济观念，不能忍受'多余的房间空荡荡'——并非由于经济方面的需要，才把房间租出去。我的房间面对着后院，至于你的房间呢？面对着坟场。"

"啊！那会叫人不寒而栗的！"安妮叫了起来，"与其面对着坟场，我可宁愿面对着后院！"

"你不要太紧张嘛！如今，那座坟场已经废除了，再也不许埋葬，而变成了金斯伯德的名胜之一呢！昨天，我到那儿转了一圈。周围有一圈很高的石墙，石墙周围又有一整列高大的树木。里面到处有林荫路，更有刻着古雅墓志铭的奇妙墓碑。两

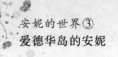

三年前，为在克里米亚战争阵亡的兵士建造的纪念碑，就在正门旁边。"

"安妮，你的行李箱被送来啦！那两个男生就要跟你道晚安了呢！安妮，我必须跟查理·史龙握手吗？他的一双手老是像鱼儿一般，冰冷冰冷的。可是如果不对他说'欢迎你时常来玩'的话，他一定会表现出不高兴的样子。"

"哈娜小姐以正经八百的口吻说：'你们这些年轻女孩子啊，我不反对你们招待年轻绅士喝茶。不过一星期只能两次，而且必须在适当的时间离去。'爱达小姐更绝啦！她笑容可掬地说：'年轻的姑娘啊，你要切记一件事情，那就是你的年轻绅士光临时，千万不能叫他坐在我们漂亮的坐垫上。'我已经答应她不会那样做，可是她们到处都放着坐垫，难道要叫客人坐在地上吗？"

这时，安妮开怀笑了起来。普莉西拉快活的闲谈，已经收到了预期的效果，安妮脸上的阴霾一扫而尽，思乡病已经霍然而愈。当她回到自己的小卧房以后，思乡病再也不袭击她了。

安妮来到了窗边，下面的街道笼罩着朦胧的烟雾，显得静悄悄的。月光正照耀着"老圣约翰坟场"的纪念碑。一个黑黝黝的巨大狮子头，赫然耸立在那儿。安妮几乎不敢相信，她在今天早晨才离开了艾凡利。仅仅是一天的变化和旅行，却给了安妮一种恍如隔世的感觉。

第四章

四月的淑女

金斯伯德是一座古雅的市镇，它的历史可以追溯到英国的殖民地时代。笼罩着该市镇的气氛，叫人联想到年老的贵妇人，仍然穿着她年轻时流行的衣服的情景。虽然四处都有所谓近代化的地方，但是它本来的风貌依旧存在。很多珍贵的遗迹，对后世的人们，道出了这座古镇过去风光的岁月。

往昔，它只是国境荒野里的一座小村落。由于印第安人不断来袭，移民们一直过着朝不保夕的生活。不久以后，它就变成了英法两国人的争夺之地。今日才被法国人占领，明天又被划归为英国的属地。因为统治者频频更换，居民们被整得伤痕累累。

公园里有防卫海岸的圆形炮塔，上面被观光客密密麻麻地写满了名字。市镇的对面山丘有一个往日法军的阵地。广场又有好几门古旧的大炮镇坐着。

宁静的市镇两侧排列着古老的房子，其他部分则被改建为

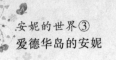

人声喧哗的近代街道。金斯伯德的居民，都以拥有"老圣约翰坟场"为傲。因为只要是稍有名气的人，他们的祖先都长眠于此。坟上都有一些奇妙而扭曲的石头镇压在坟头，或者犹如在保护死者一般，牢牢地覆盖在坟上。坟碑上面刻着死者一生的重大事迹。

大体上说来，那些古老的墓碑并没有被施行巧妙的雕刻技术。大部分属于雕刻粗糙的灰色，或者茶色岩石，只有两三个坟头有着被刻意装饰过的痕迹。更阴气逼人的是——竟然有些坟墓以头盖骨与交叉的大腿骨作为装饰，再配合以天使的头部。多数坟墓已经倒塌，几乎被岁月的洪流所冲毁殆尽，有些墓志铭已经完全消失，有些则还能够看出一丝端倪。整个坟场显得很拥挤，树荫处很多。柳树和榆树环绕着周围，并且纵横地排列着。由此看来，对面人行道的噪音不可能打扰到死者。想必他们能够一边听着头上风儿与树叶的低沉歌声，一边进入香甜的梦境吧！

第二天上午，安妮和普莉西拉到雷蒙学院注册。女子新生三三两两地凑成一堆，彼此用余光端详，或者堂而皇之地大眼瞪小眼。男子新生则充分发挥了团队精神，集结在正面的楼梯，在年轻的肺活量允许的范围内，尽情地发出欢叫声。这是对二年级学生挑战的传统方式。两三个二年级学生在楼梯上面，虎视眈眈地看着一年级新生，傲然地堵在楼梯口。吉鲁伯特和查理已经不知去处了。

"安妮，刚才我们走出化妆室的时候，你有没有注意到有个女孩在那儿站了很久？就是那个拥有褐色眼睛，嘴角儿紧抿的漂亮女生。"

"嗯……我早就注意到啦！想必她也跟我一样感到孤独与寂寞。不过，我的身旁有你陪伴，她却是形单影只。

"我想，她一定感到不安与焦虑。前后有好几次，她朝我俩走来，但是走到一半就放弃了。或许是因为她太内向了吧！如果我的个儿不是高得超过一般女孩的话，我可能早就朝她走过去啦！而且，在楼梯口那儿，一群男新生在穷叫嚷，我实在不想走过他们前面。在所有我看到的新生里面，当属她最为标致。"

听了安妮的这段话，普莉西拉开怀地笑了起来。

"待吃过了午饭，我们就到'老圣约翰坟场'去瞧瞧吧！不知道为了使情绪安定下来，选择坟场是否正确。不过，唯独那儿有树木。对我来说，没有树木就无法使情绪安定下来呢！我要坐在古老的石头上面，闭起眼睛来，想象自己就在艾凡利的森林里面。"

结果呢？安妮根本就没有办法把眼睛闭起来，因为坟场多多少少引起了她的兴趣。她不但不曾闭起眼睛，反而睁大眼睛四处打量。

安妮和普莉西拉钻过了巨大狮子的石头拱门，从正门进入坟场，站在稍暗而青翠的地方。凉爽的秋风一阵又一阵地吹过来。安妮站在典雅而巨大的墓碑前面，阅读起了墓志铭：

"'这里躺着阿尔巴特·克罗福先生的遗骸。克罗福先生在金斯伯德这个地方，为陛下管理兵器多年。直到一七六三年和谈成立，他始终服务于军旅。晚年因为健康受损而退役。他是勇敢的武官，最称职的丈夫，以及最好的父亲。一七九二年十月二十九日逝世，享年八十四岁。'普莉西拉，这种记载的方式，的确有想象的余地。像这种生涯，必定是充满了各种冒险！关于他的种种德行，人们已经用上了最好的赞辞了。"

"这里也有呢！"普莉西拉说，"安妮，你听着吧！'祭祀亚历山大·罗斯的灵魂。一八四〇年九月二十二日殁。为了感谢故人二十七年来忠于职守，受到他恩惠的友人们，以虔诚之友情，为故人立起此碑'。"

"这个碑文真好，"安妮在感慨之余说道，"其实，我们再也不能期望比这个更好的碑文了。只要刻上生前忠实的事实，那就足够了！啊……这儿有一块小小的灰色石碑，看起来格外凄凉——'祭祀亲爱的孩子的灵魂'，还有'为了被埋葬于异国他乡的英灵，特建立此碑'。所谓被埋葬于异国他乡的英灵坟墓，到底在哪儿啊？现在的坟场，什么花招都有了呢！"

"普莉西拉，并非只有我俩在这儿，那排树木的尽头还坐着一个人呢！"

"一定是今天上午，咱们在雷蒙学院看到的那个人。其实，我在五分钟前就注意到了。她呀！前前后后已经六次朝我们走过来，谁知在中途又放弃了。我想，她一定是个非常内向的人，不然的话，就是心理有点问题。我们就主动去接近她吧！比起大街上，坟场更容易接近一个人呢！"

说罢，安妮跟普莉西拉就走向那一排树木的尽头，希望能够认识那个女孩。那女孩正坐在柳树下面的灰色石板上面。她的确很美。那是一种生气蓬勃的美，叫人很难说出她是属于哪一种的典型，但是，浑身充满了魅力却是不争的事实。

她有一头类似缎子般光泽的头发，不时散发出褐色与栗色的光辉，丰硕的双颊很柔嫩，犹如熟透的果子，发出光泽。奇妙的眉尖下面，是一双令人想起天鹅绒的褐色大眼，嘴唇犹如玫瑰般殷红。她穿着漂亮的茶色外衣，裙子下面露出了一双最新流行的小鞋儿。插满金褐色罂粟花的粉红色帽子，一瞧就知道是一流设计师的艺术作品。看了这种高贵的帽子，普莉西拉对于自己那顶经过乡下帽店工匠修饰的帽子，立刻感到一文不值。安妮也感觉到，跟这个陌生少女的豪华服装相比，经过林顿夫人剪裁的外衣，实在是又寒酸又土气。在那一瞬间，安妮跟普莉西拉萌出了打退堂鼓的念头。

不过，为时已晚！褐色眼睛的少女看到她们，立刻跳了起来，脸上露出笑容，伸出了一只手儿，朝着两个少女走过来。

"我非常想认识你们俩呢！今天上午，我已经在雷蒙学院看到过你俩啦！"少女真诚地说道，"那个地方实在叫人讨厌！所以我一时认为——还是把自己嫁掉最好！"

这句话惹得安妮跟普莉西拉都开怀大笑。就连褐色眼睛的少女也笑了起来。

"我真的萌生出那种念头了呢！如果我想把自己嫁掉的话，很简单就能够办到的。好吧！咱们就坐在这块基石上面聊聊吧！这也是一件很简单的事情呀！咱们必定能够彼此崇拜……

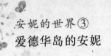

今天上午，我在雷蒙学院见到你俩时，就有了这种感觉。那时，我真想奔到你俩那儿，跟你俩紧紧拥抱在一起呢！"

"那么，你为何不那样做呢？"普莉西拉问。

"只因为我下不了这种决心呀！不管什么事情，我都不能当机立断——一年到头，我老是为了优柔寡断而苦恼。想做一件事情的话，我能够很快就下决心，然而，我同时也会认为——或许另外的一种想法比较正确。这可是一种天大的不幸呢！"

"我俩原本以为你太内向了呢！"安妮说。

"哪儿的话呀！所谓内向的性格，跟我'菲莉芭·哥顿'——简称'菲儿'完全无缘呢！你俩就叫我'菲儿'吧！那么，你俩叫什么呢？"

"这位是普莉西拉·葛兰多小姐。"安妮指了普莉西拉。

"这位叫安妮·雪莉小姐。"这一次轮到普莉西拉指着安妮。

"我俩是从爱德华王子岛来的！"这一次，两个人异口同声道。

"我是从诺伐·斯考西的波林布洛克来的。"菲儿说。

"什么？波林布洛克？"安妮叫了起来，"我就是在那儿出生的呀！"

"哇！是真的吗？那么，你也是诺伐·斯考西的市民啰？"

"不算是。达奥·克尼尔①说过，就算有一个人在马厩里出生，他也不能成为一匹马儿——我直到骨子里都属于爱德华王

---

①爱尔兰解放运动的领袖，1775~1847。

子岛的人。"

"好吧！不管怎么说，你还是在波林布洛克出生。我俩就好像邻居一样。即使我对你俩说出秘密，仍然跟陌生的人倾诉有所不同。这一点使我甚感欣慰。我这个人哪！就是守不住秘密——再加上刚才我所提起的优柔寡断，这两点也就是我最大的缺点，就以来到这儿以前来说，为了决定戴哪顶帽子，我整整耗费了三十分钟呢！

"刚开始时，我打算戴一顶茶色而有羽毛装饰的帽子，不过刚刚戴上它，我又感觉边缘儿柔软的这顶粉红色帽子，比较适合我今天的心情。天晓得，我戴上这顶粉红色帽子以后，又认为茶色的那顶更能衬托出我的白皮肤。到头来，在优柔寡断的心理作祟下，我把两顶帽子抛到床上，再闭起眼睛，用帽子的别针去扎它们。结果呢？这顶粉红色的帽子被我扎到啦！怎么样？这顶帽子适合我吗？你俩认为我的长相如何？别客气，请坦白地说出来吧！"

对于这种天真烂漫的问话，普莉西拉又再度笑了出来。安妮则握着菲儿的手说："今天早晨，我们在雷蒙学院看到的人里面，数你最标致、最迷人。"

菲儿紧抿的嘴唇，立刻绽开了迷人的微笑，露出了皓齿。

"我也这样认为，"菲儿如此说时，安妮和普莉西拉又吓了一跳——"不过，我希望有人支持我自己的想法。因为，我连自己的容貌也无法确定呢。认为自己漂亮很容易，不过，这个念头也很容易动摇。我有一位年老而叫人畏惧的祖奶奶。她时常叹气说：'以前，你是一个很可爱的小孩子。不过，小孩子一长大就会变了样，这实在是叫人感到不可思议的事情！'通常，我很喜欢阿姨、姑妈一类的人，不过，我实在不喜欢祖奶奶……如果你俩不会感到厌恶的话，就时常说我漂亮吧！这比自己认为自己漂亮，更叫人感到受用呢！如果你俩也有这种意思的话，我也乐得如此赞美你俩——我会打心底说出这句话，我可以对天发誓！"

"那就太谢谢你啦！"安妮笑着说，"普莉西拉跟我对自己的容貌相当自信，不必劳你来证明，请不必挂心。"

"噢……你是在嘲笑我的虚荣心吗？事实上，我连最起码的虚荣心都没有。只要有明确的理由，我对其他的少女都会表现出敬意的。很高兴跟你俩交朋友。我是星期六抵达这儿的，自从那天以来，我一直患着思乡病，几乎就要闷死了呢！在波林布洛克，我可是响当当的人物，来到了金斯伯德以后，一夜之间就变成了无名小卒，这实在让我感到沮丧。对啦！你俩住在哪儿啊？"

"圣约翰街三十八号。"

"实在太好了！我就寄宿在威利斯街的拐角处。我那地方又荒凉又寂寞。我的房间面对着乱七八糟的后院。到了晚上，几乎金斯伯德一半的猫咪都会跑到那儿打架。所以来到这里的第一天，我哭了一整夜，猫咪也吵了一整晚。我实在不应该离家，现在，我都有些后悔了！"

"既然你那样优柔寡断，为什么会下定到雷蒙大学就读的决心呢？关于这一点，我感到非常不可思议。"普莉西拉感兴趣地说。

"天哪！那可不是我的意思，是我老爸执意要把我送到这里来的！我也弄不清楚，他为何一定要这么做？为了叫我取得学士学位，千里迢迢地送我到这里上大学，未免太滑稽啦！其实，我的脑筋好得不得了！"

"哦！"普莉西拉叫了一声，算是模棱两可的回答。

"那所谓的学士，想必是又博学、又威严，而且又叫人望而生畏的人啰？我实在不想来这儿上雷蒙学院。不过为了让老爸高兴，我才如此委屈自己。我老爸是大好人呢！不过我如果留在家里的话，那就非要嫁人不可啦！我老妈逼着我结婚。老实说，在这两三年间，我绝对不要结婚。在变成一个被羁绊的家庭主妇以前，我要好好地游乐一番。我今年只有十八岁，与其嫁人，还不如上雷蒙学院。你俩以为我会选择什么样的人作为老公呢？"

"你有那么多的人可以挑选吗？"安妮笑着问。

"有一大箩筐呢！男孩子们都想追我——真的，我是实话实说。不过，只有两个人具有候选资格。其余的人都太年轻、太穷了！因为，我绝对不能跟没有钱的男人结婚。"

"那是为什么呢？"

"难道你觉得我会嫁给贫穷的男人吗？我这个人哪，什么家务都不会做，而且很会花钱……正因如此，我才把范围缩小到两个男人。不过话又说回来啦，从这两个人中选择一个，跟从

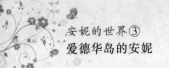
两百个人中选出一个，同样叫我感到困难哩！因为不管我选择哪个人，毕生中我将免不了后悔不曾跟另外一个男人结婚。"

"你——你难道不晓得自己更喜欢哪个人吗？"安妮稍微迟疑以后，才如此问。

对于安妮来说，要对刚认识的人，谈及人生的伟大、神秘以及奇迹，实在不是一件很容易的事情。

"我是不可能去爱任何男人的，也许，这是我的性格使然吧！我知道一旦谈了恋爱，将变成爱情的奴隶。到时男人将掌握大权，女人可就惨啦！我就是害怕这一点。其实，亚力克跟亚兰索都不是坏人。我也弄不清楚自己更喜欢哪一个。当然，以外貌来说，亚力克比较好，我认为对方若非美男子的话，我就不可能嫁给他。而且亚力克又温厚又体贴，还有一头漂亮的鬈发。简直是太完美啦！但是，太完美而丝毫没有缺点的老公，我是不可能喜欢他的！"

"那么，你为何不跟亚兰索结婚呢？"普莉西拉很认真地问。

"亚兰索这个名字，我实在不喜欢！"菲儿以忧虑的声调说，"不过，他有一个希腊鼻子。一想到家族将拥有这种不变形的鼻子，我就感到非常安慰。因为，我对自己鼻子的形状始终不放心。到目前为止，它维持着哥顿家的形象，可以说很不错。可是我很担心年纪变大以后，它会显现出派安家的倾向。我的母亲就拥有典型的派安家的鼻子……那种鼻子……不说也罢。"

"我一向喜欢秀气的鼻子。噢……安妮，你的鼻子长得非常秀气！真美！如果是凭鼻子的话，我会毫不考虑地选择亚兰索，

但是他的名字……实在叫人不敢恭维呢！真糟糕，我又不能像选择帽子一样，用帽子的别针扎他们……"

"你来这儿以前，亚力克跟亚兰索有什么反应呢？"普莉西拉问。

"他们仍然耐心地等着呢！因为他俩都很崇拜我。我想，进了雷蒙学院以后，将会拥有更多的崇拜者。如果女孩子没有崇拜者的话，活着就没有意思啦！不过，那些男新生都长得很丑。其中，只有一个人的长相很英俊，他在你俩来之前就走了。他的伙伴管他叫吉鲁伯特，至于他那个伙伴嘛……眼睛凸了出来，叫人不敢领教……啊！你俩就要走了吗？拜托你们，不要急着走好吗？"

"我俩不回去是不行的！"安妮以稍微冷淡的口吻说，"时间已经不早啦！我们还有很多工作要做呢！"

"你俩会来找我吗？"菲儿站了起来，跟两个少女轮流握手说，"我会去拜访你俩的。我要跟你俩结为好友，因为我十分喜欢你们。或许，你俩对我的轻薄失望吧？"

"哪儿的话，根本就没那回事。"安妮笑着，握紧了菲儿的手。

"安妮，你认为我俩的新朋友如何？"离开菲儿以后，普莉西拉问道。

"我喜欢她。虽然她讲了一大堆无聊的话儿，但是她仍然有一种不可抗拒的魅力。就如她自己所说，她的嘴巴所说的话，不及心中的灵气的一半。她是个可爱的小宝贝，仿佛永远长不大，不过我很喜欢她。"

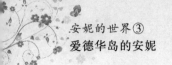

"我也喜欢她，"普莉西拉说，"她几乎跟琪丽儿一般，一开口就离不了男孩子。不过每逢我听琪丽儿说那种话儿时，都会感到恶心，并且产生反感，但是听菲儿说类似的话时，我只是愉快地笑笑。奇怪，这到底是什么原因呀？"

"原因可能是，"安妮犹如陷入冥想一般，"琪丽儿呢，她的的确确是在脑海里想着男人。她一味地玩弄感情，玩那种恋爱的游戏。每次琪丽儿吹嘘有多少男孩在追她时，她总是在有意无意之间，讥笑我们的男人缘没有她好。

"至于菲儿呢？她在提起追求她的男孩时，仿佛是在提起自己的亲友，没有任何夸口和藐视我们的意思。她只是对自己受到欢迎而沾沾自喜。就以亚力克和亚兰索来说，她也把他俩当成单纯的游伴而已。我很高兴认识了菲儿，也很庆幸自己走进'老圣约翰坟场'。我感觉今天下午，我已经开始在金斯伯德扎下了心灵的根，使自己的情绪更为稳定下来了。"

第五章

故乡的来信

接下来的三个星期，安妮跟普莉西拉仿佛处身于陌生的国度，有一种异乡人的感觉。所有的东西——整个雷蒙学院，教授们、班级、学生、研究工作、社交方面的行事等，都仿佛集中在一个焦点。本来，似乎是由零碎的片断所组合而成的生活，又再度变成了同类分子的结合。新生也逐渐察觉到，他们并非毫无关联的个体存在，而是跟班级的精神、班级的呐喊、班级的利益，以及班级的抱负息息相关。

他们在一年举办一次的演艺大会方面，胜过了二年级的同学，因此获得了全校师生的尊敬，同时也增强了自己的信心。

在以往三年间，二年级一次次获胜，为什么今年的优胜旗子会落在一年级的手上呢？那得归功于吉鲁伯特富于机智的统御技术。正因为他率领一年级新生，使出了独创性的战术，才使高年级同学感到狼狈不堪，终于以破竹之势，为一年级新生赢得了胜利。

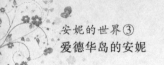
同学们为了报答吉鲁伯特的功绩，给予他名誉但是责任重大的地位——至少从一年级同学看来是如此，也就是一年级学生的班长。高年级的学长怂恿他加入了"学友会"。这是一项极少给予一年级学生的荣誉。在入会之前，吉鲁伯特还得接受入会的"考验"。

那考验就是——在整整一天里，吉鲁伯特必须戴着妇女的遮阳帽，在金斯伯德的闹区出现，身上还得系上印花布的大围裙，在街头晃来晃去。吉鲁伯特竟然干得有声有色，而且碰到了他认识的女士时，他还会摘下帽子打招呼哩！

查理·史龙对安妮说，万万没想到吉鲁伯特会做出那种娘儿们的举止。换成是他，就是打死他，他也不干！

"安妮，你想想看，如果查理系着印花围裙，戴着女用草帽，那样一来，他看起来一定会跟他奶奶一般模样！"普莉西拉说着笑弯了腰，"不过，吉鲁伯特虽然打扮成那副模样，但是跟他平常的样子并没有什么两样，仍然很有男子汉气概呢！"

不知不觉地，安妮和普莉西拉已经进入了雷蒙学院的社交生活中心。她俩之所以能够那么快就在雷蒙红起来，菲儿·哥顿功不可没。菲儿是富裕的千金，也是诺伐·斯考西的上流家族后代。这些头衔再加上菲儿本身的美貌和魅力——所有看过她的人都承认她具有无限的魅力——使得雷蒙的所有派系、俱乐部以及班级，都为她打开了门户。凡是菲儿所到之处，安妮跟普莉西拉都随行。菲儿特别喜欢安妮。

菲儿是个很有诚意的少女，从任何一个角度看来，她都没有任何高傲的举止和言行。她的座右铭是"爱我的人，也必须爱我的朋友"。因为菲儿毫不造作地带她俩到不断扩大的社交圈，所以两个艾凡利少女在雷蒙社交界很吃得开，这引起了其他女学生的羡慕，以及惊叹声。

对于抱持着正经生活观的安妮与普莉西拉来说，菲儿仍旧停留在她俩最初的印象——叫人感到愉快的可爱小宝贝。

事实上，正如菲儿自己所说，她非常聪明！她不停地在"追求愉快的事情"，以致黄昏以后，她的住处往往挤满了访客。她的崇拜者果然多得不胜枚举，一年级学生中的九成男生都在彼此竞争，想尽办法博得她的欢心，使得安妮怀疑她哪儿有时间读书。谁知她的每门功课都维持着很好的成绩。

"看来，亚力克跟亚兰索仍然没有新的情敌喽？"有一天，安妮如此揶揄菲儿。

"的确一个人也没有，"菲儿也同意，"我最心仪的男生，他的心里永远没有我。吉鲁伯特对我根本就无动于衷，只是把我看成一只可爱的小猫咪！我当然知道他会如此对待我的原因。安妮，本来我应该对你咬牙切齿才对，可我却是那么喜欢你。甚至一天没看到你，我就会忧郁起来。你跟我认识的每个人都不一样。只要你稍微对我使使白眼，我就会感到自己又无聊又轻薄，所以我就会尽量使自己更为善良，更为贤慧，更为坚强。然而，只要有一个帅气十足的青年在我面前出现，我好不容易立下的决心，就会很快崩溃了！

"大学生活的确多姿多彩，想不到在刚开学的第一天，我竟

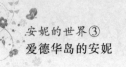

然会觉得那般厌恶，现在想起来，的确叫人感到不可思议。安妮，拜托你，你再对我说'我喜欢你'吧！我好想听这句话！"

"我好喜欢你！喜欢得不得了！你就像一只没有利爪的可爱小猫儿，我非常非常喜欢你！"安妮笑着说，"你那么贪玩，想不到还有时间读书。"

菲儿不知从哪儿挪出时间来读书，因为她的每门功课成绩都很优秀。一位脾气古怪的老教授，一向很忌讳男女共学，极力反对女生进入雷蒙学院攻读，不过他对菲儿却是另眼看待。

在任何科目上，菲儿都领导着一年级的女生，唯独英国文学，遥遥落在安妮后面。对安妮来说，第一学年的功课之所以显得那么轻松，是因为这两年来，她跟吉鲁伯特在艾凡利不停地共同切磋。正因为如此，安妮有了充分的社交生活时间。

不过，安妮一刻也没有忘记艾凡利的家人和朋友。对安妮来说，最快乐的事，莫过于收到故乡家人和朋友的信函。最初安妮收到的信件一共有六封。写信的人是琴恩、琪丽儿、黛安娜、玛莉娜、林顿夫人及德威。琴恩的书信仿佛印刷物一般，"t"字少不了尾钩，而"i"字必有一点。她的信里完全不提起有趣的事儿。安妮急于想知道小学里面的事情，她却始终一字不提，就连安妮在信里问她的一些事儿，她也完全没有回答，只写了一些艾凡利的气候变化，她编织了多少花边，她想如何缝制新衣服，以及头痛时有何感受等。

琪丽儿以热情洋溢的笔调说，安妮不在，实在叫她感到寂寞难当。又问安妮在雷蒙的一伙人如何，接下来又是她的老生常谈，说有一大群崇拜者在追求她，叫她感到疲于应付。如果这封自我陶醉式，又没有了不起罪行的信函，没有所谓"再启"的话，安妮很可能就只是一笑置之。

"吉鲁伯特写信告诉我，雷蒙学院的生活充满了乐趣。不过，查理好似过得不是非常快活……"

琪丽儿的"再启"就是这么写着。

好啊！原来吉鲁伯特给琪丽儿写过信！算啦，吉鲁伯特当然有写信的权力。只是安妮并没有想到，那是琪丽儿先写信给吉鲁伯特，后者只是基于礼貌才回信。

安妮有点轻蔑地把琪丽儿的信抛在一边。不过，这种"再启"带来的不愉快，待安妮看完了黛安娜愉快的信以后，几乎忘得一干二净啦！

黛安娜的信里，有关弗雷德的描写稍嫌多了一点，除了这个小瑕疵，趣味性的描写洋溢在整封信里，使安妮读了以后，仿佛又回到了艾凡利。

玛莉娜的信则恰如其人，始终显得硬邦邦的，给人一种味同嚼蜡的感觉。虽然如此，它却洋溢着绿色屋顶之家健全而质朴的生活气息，且在字里行间表露出对安妮无限的关怀与爱。

林顿夫人的信充斥着教会的新闻。从繁忙的家务中获得解放以后，她一心一意致力于教会的工作。她提到了一件新牧师来访的趣事——

安妮，我一辈子也不曾撞见那种叫人喷饭的事儿咧！玛莉娜说:"如果安妮在家的话,她必定会笑得前仆后仰。"因为连最拘谨的玛莉娜都笑出声来了呢!

那位牧师,个儿又矮又肥,又有一双O字形的短粗腿儿。那一天,哈里森先生那一头老猪不知怎的,闯入后院,在我跟玛莉娜不注意之间,堵住通往厨房的门口,碰巧那位短粗腿儿的牧师,又赫然出现在厨房门口。老猪惊慌失措地逃命,不过它唯一能够逃命的"关口"就在短腿儿牧师的胯下。因为老猪太大,短腿儿牧师又太小,老猪只好把牧师"顶起来"逃命!

玛莉娜跟我赶到房门口瞧时,牧师的帽子飞到了左边,手杖儿滚到了右边。嘻嘻……那位牧师狼狈的模样儿,我一辈子也忘不了!那头可恶的老猪,害怕得不得了,只是没命地狂奔。或许,它以为自己的背上正骑着大魔头咧!

到了小河旁边,牧师从老猪背上摔下来。老猪惊魂未定,跳入小河里面,再如一支箭一般冲入森林里面。

玛莉娜和我奔到小河边,救起了短腿儿牧师,拍掉他衣服上的灰尘。所幸他并没有受伤,却对着我俩吹胡子瞪眼。我们对他说,老猪并非我们饲养的,而且我们也是受害人,整个夏季都被它整得很惨。然而,他硬要叫我俩负起责任来。

艾凡利的居民都过得很平安、宁静。绿色屋顶之家并没有你想象中的寂寞。有时我感到需要那么一点儿刺激时,就瞧瞧《波士顿日报》的杀人犯审判。在这以前,我不曾阅读过那种报纸,说真的,趣味性十足。我想,美国一定是个很恐怖的地方。安妮,你千万别到那种乱七八糟的地方去哦!

自从你走了以后，德威还算乖。有一天，他干了一件小小的坏事儿，以致玛莉娜罚他一整天系着多拉的围裙。可使人意想不到的是，他竟把多拉的围裙剪得稀烂！为此，我给了他一巴掌，他却去追打我的一只老公鸡，结果那公鸡被他弄死了！

安妮，你千万别过度用功哦。天气转冷以后，别忘了穿冬季的内衣。玛莉娜为了你，这也担心，那也放心不下。我就告诉她，你比我们想象中的更懂事，叫她别再操那么多心。

德威的信件，一开始就大发牢骚，他如此写道——

安妮姐姐拜托啦！请你写信告诉玛莉娜阿姨，叫她在我想钓鱼的时候，别把我绑在桥梁的栏杆上。那些男孩子都在取笑我呢！说我是胆小鬼，害怕掉入河里。自从安妮姐姐走了以后，我觉得非常寂寞。在学校时，我仍然感到很快乐。琴恩老师整天紧绷着一张脸，叫人感到害怕，她跟疼爱小孩子的安妮姐姐差得远了呢！

昨天夜晚，我戴着一个幽魂的假面具，把林顿阿姨吓了个半死，再去追赶林顿阿姨的那一只老公鸡，想不到它却倒地死啦，我并不是诚心要弄死它！安妮姐姐，你能告诉我，它为何突然就死了呢？因为我真的很想知道！林顿阿姨把那只死了的老公鸡葬在猪舍后面。我真搞不懂，她为何不卖给布雷亚爷爷呢？因为他每次都以五毛钱收购一只死鸡呢！

米鲁帝在学校给我讲了一个鬼故事，据说那是百分之百的真事！在上个星期三的夜里，乔摩西老爷子跟雷恩在森林里面玩扑克牌。扑克牌就放在断枝上。不久以后，一个比树木更高的黑男人来了，他抓着断枝和扑克牌，发出了雷鸣似的声音，然后就无端地消失了。米鲁帝说，那个庞大的黑男子就是大魔头。安妮姐姐你告诉我，他真的是大魔头吗？我真的很想知道！

　　史宾塞维尔的金鲍尔先生病得很重，医生说必须住院。玛莉娜阿姨却说，金鲍尔先生应该到精神疗养院才对。因为他口口声声说，他的身体里面有一条蛇哩！安妮姐姐，这到底是怎么一回事？你告诉我好吗？

　　安妮一面折起了信纸，一面自言自语道："不知林顿伯母会对菲儿有何感想？"

第六章

公园的聚会

"今天，你又准备了什么节目呢？"在某个星期六的下午，菲儿把头探入安妮的房间问。

"我们正准备到公园走一趟呢！"安妮回答，"其实，我应该留在屋里把这件外衣缝好，但是在这种美好的日子里，实在无法静下心来做女红呀！你瞧，我的手指头根本就不听话，缝得歪歪斜斜的，实在太不像话啦！所以……我们准备到公园里的小松树旁去聚一下。"

"你所说的我们，是否除了你跟普莉西拉，还有别人？"

"嗯……还有吉鲁伯特跟查理。如果你想加入的话，我们会非常欢迎的。"

"可是……"菲儿以凄惨的声音说，"如果我去的话，就得扮演电灯泡的角色，这对我来说，还是崭新的体验呢！"

"那不是很好吗？崭新的体验能够拓展人生的道路呢！说不定有人会可怜你扮演的电灯泡角色，由同情更进一步，变成你

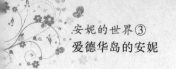
的崇拜者呢！对啦！最近你那两个追求者如何了呢？”

“唉！不说也罢，我对他俩感到心灰意懒啦！今天，我不想再为他俩操心，我现在的情绪有那么一点儿不好。上星期我曾经给亚力克和亚兰索写信。当我准备把信封口黏好时，才发觉写给亚力克的信，有些事项忘了写进去，于是我又把信函取出来，加上‘再启’，再写好必要的事项，急忙地把两封信投入邮筒里面。天晓得，今天早晨我收到了亚兰索的信函，他说那封信根本就不是写给他的！他把我臭骂了一顿，问我难道又交了另外的男友。到此我才想到——原来，我把准备寄给亚力克的信函，在一阵慌乱之下，误寄给了亚兰索。正因为这样，我今天的心情非常不好。想来想去，或许你能使我忘了这些烦恼。为了迎接足球赛，我去订制了一顶豪华的帽子和一件外套。对了！你的吉鲁伯特被选为一年级足球队的主将了呢！”

“嗯……昨天晚上，吉鲁伯特已经对我们说过了，”普莉西拉瞧着安妮生气的脸色，于是代安妮回答，“昨天晚上，吉鲁伯特和查理来看我俩。因为事先我俩就知道他俩要来，于是拼命把爱达小姐的坐垫，放到他俩的手所不能及的地方。我特地把那个有着浮雕刺绣的漂亮坐垫藏到椅子后面，觉得那个地方比较安全。想不到查理却找到它了，一直到回家之前，都坐在它上面，结果呢？那个坐垫完全走了样！爱达小姐以半调侃的责难口吻对我说：‘为什么要叫年轻的绅士坐在它上面呢？’‘我并没有叫他坐在它上面呀！或许是那个坐垫注定要被人坐，又加上了查理的固执，才会导致这种结果。’我只好这么说了。”

"爱达小姐的坐垫，真是叫人感到头大呢！"安妮说，"前一个星期，因为再也没有地方放置，她只好把两个坐垫竖立起来，靠着楼梯扶手的墙壁放置。不过，它们时常滚落下来，我在黑暗中下楼梯，时常会踏到它们。好吧！不要再说闲话啦！我俩已经准备好啦！男生们马上就过来了。菲儿，你愿意跟我们一起吗？"

"我愿意！只要能够跟着普莉西拉与安妮，就是扮演电灯泡的角色，我也能够忍耐。安妮，你的吉鲁伯特很帅，好可爱！他为什么老是跟那个凸眼儿男生在一起呢？"

安妮的态度变得很僵硬。虽然她并非对查理抱持着好感，但是不管怎么说，他是艾凡利出身的人。局外人怎么可以嘲笑她的老乡查理呢！

"查理跟吉鲁伯特本来就是好朋友，"安妮很冷静地说，"查理是个好人，你不应该嘲笑他的眼睛！"

"哪儿的话！他前世一定干下了什么罪孽深重的事情，以致这一世才会变成凸眼。今天下午，我就要跟普莉西拉联合起来嘲笑他。即使面对面地戏谑他，他也是浑然不觉呢！"

安妮曾说过"叫人感到头大的两个P"，就是指普莉西拉(Priscilla)和菲莉芭·菲儿(Phiippa)。这两个宝贝果然要弄了查理，然而查理却一无所知。他认为能够带着两个女孩子，尤其是带着美女以及风头人物的菲儿同行，是他最大的造化，甚至由此肯定他仍是具有魅力的男人。

吉鲁伯特和安妮比其他的人稍后抵达。他俩一边享受着宁静、温馨的秋日午后之美，一边在港口岸边的道路，一会儿上下坡，一会儿曲折地绕来绕去，再走入公园松树下面的小径。

"这种静谧与温馨，仿佛在祈祷！"安妮仰望着阳光闪闪的天空说，"我实在太喜欢松树了。看起来，它们仿佛是把根扎进每一个时代的故事里面。我时常静悄悄地来这儿，跟松树群和睦畅谈。这样，紧张的精神就能获得松弛，同时也能感受到幸福的气氛。"

"跟那些松树比起来，我们小小的抱负实在微不足道。安妮，你说对不对？"

"话虽然不错，不过每当难以忍受的悲哀降临到我身上时，我总是会静悄悄来到这儿，接受松树的抚慰。"安妮仿佛做梦般地说着。

"我希望没有任何悲哀的事儿降临到你身上，安妮。"吉鲁伯特说。

对于在他身旁正神采奕奕地漫步的少女，他非常不愿意把她跟悲哀联想起来。因为吉鲁伯特并不知道——能够飞到最高处的人，也能够下沉到最深的地方；能够激烈地体会到欢乐的人，也能够感受到最为尖锐的痛苦。

"但是，它一定会降临到我身上，只是不知道是什么时候，"安妮仿佛陷入了深思，"现在，我正举起光荣胜利的酒杯，可是谁也不敢保证那是一杯甜美的酒。为了一旦品尝到苦涩的味道时，我能够从容地跟它对抗，我必须勇敢起来！不过，我仍然希望那种苦涩并非由于自己的堕落所造成。上个星期天，戴维博士不是说过吗？神所带给我们的悲哀，往往同时也伴随着安慰的力量，如果是由我们愚蠢的行为，或者邪恶的行动所招致的悲伤的话，那就叫人难以忍受——啊！我也实在太想不开了，像今天这种日子里，怎么说出这么悲哀的话儿呢？今天是个尽情欢乐的日子啊！"

"如果一切都能依照我的想法的话，在你的生活里面，除了幸福与喜悦，我要阻止一切的不幸降临到你身上，安妮——"不知不觉地，吉鲁伯特又以类似危险信号的口吻说。

"可见，你的判断力还不够成熟，"安妮急切地说，"不管是哪一种人，都必须经过某种折磨和悲哀，才能臻于成熟与进步——正因为你处在相当幸福的境地，才会那样说。好了，我们走吧！大伙儿都已经抵达帐篷那儿，正向我俩招手呢！"

一伙人就在小小的帐篷里面坐下来，瞧着火一般红，又带着淡金色的秋日夕阳。他们的左边是金斯伯德，家家屋顶以及尖塔笼罩着一层淡紫色的烟雾。他们的右边则是港口，靠近夕阳处染成灰色的海水，闪闪发光。在遥远的前方，耸立着威廉岛。它在薄雾中看起来格外威严，犹如保护金斯伯德的侍卫。

"你们见过如此庄严的地方吗？"菲儿说，"就算我想要威廉岛，这种愿望也不能达成啊。你们看看那个炮台顶端的旗帜，在那儿不是有一个步哨吗？实在很煞风景，根本就毫无浪漫可言。"

"谈到浪漫，咱们刚才一心一意在找寻heath花①——可是一

①属于石南科的小灌木，生长于寒、温带荒野，开出白、紫、粉红的钟状小花。

051

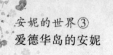

朵也找不到。是否已经过了花期？"普莉西拉说。

"你是说heath草吗？"安妮叫了起来，"美洲不是不适合heath草的生长吗？"

"在整个美洲大陆中，只有两个地方有heath草，"菲儿说，"一个是在这座公园里面，另外一个地方则在诺伐·斯考西的某地方。很遗憾，我忘了地名。那个著名的苏格兰'黑色部队'①，某年在此地扎营了一年，到了春天，士兵们甩动床铺的干草时，heath的种子被甩下几粒，于是就在此地扎根成长。"

"哇！太棒啦！"安妮兴高采烈地叫嚷起来。

"咱们就沿着斯勒福德街回去吧！"吉鲁伯特提议，"那样就可以看到富裕贵族们居住的豪华邸宅。斯勒福德街为金斯伯德最豪华的住宅街，除非是大富豪，否则任何人都不能在那儿盖房子。"

"对！就这么办吧！"菲儿说，"安妮，我要让你看一个非常可爱的地方。只要一走出公园，它就会出现在你的眼前。我想——那一定是斯勒福德街还是一条乡间道路时，突然长出来的！不错，它的确是长出来的——根本就不是人工盖出来的！我不喜欢斯勒福德街的房子。因为它们太新，太像平板玻璃。但是那栋小房子看起来很梦幻——而且它的名字……又那么——好吧……等一下你就知道啦……"

①属于英国陆军的著名连队。因为穿着黑色条纹的制服，所以被如此称呼。

从公园爬到松树围绕的小丘时，大伙就看到它了。斯勒福德街的尽头，有栋小巧的白色木造房子。两侧成群的松树，仿佛要保护低矮的屋顶一般，枝丫呈交叉状。

在一面爬满红色和金色蔓藤植物的墙壁上，露出了一个绿色被拉下的百叶窗。屋前有个小庭院，由低矮的石墙围绕着。虽然已到了十月，然而那儿仍然古意盎然，长满了仿佛不属于这个世界的花草和灌木，而且还充满了姹紫嫣红的色彩。

矮牵牛、金盏花、各色菊花、山楂子、波斯菊等，无一不在争奇斗艳。一道小小的红砖墙从外面通到大门口，乍看之下，仿佛是从遥远的某乡村搬过来的。相较之下，邻近"香烟大王"所盖的豪华宫殿式住宅，显得格外庸俗不堪。正如菲儿所说，它是大地长出来的！跟人工建造的房子截然不同。

"天哪！我从来就不曾看过如此雅致的地方呢！"安妮喜形于色地说，"以前那种又惊又喜的漩涡又在我心中形成啦！它比拉宾达小姐的石屋更可爱，更为风雅呢！"

"尤其是这个名字更值得注意，"菲儿说，"你瞧！门楣上面不是用白字书写着'芭蒂之家'吗？这个名字是不是很美妙？尤其是在这个——不是派头十足的爱华尔斯家，就是希达克劳斯家林立的斯勒福德街，它不是显得更鹤立鸡群吗？天哪！芭蒂之家！我好喜欢哦！"

"芭蒂又是谁呀？"

"是屋主老妇人的名字。我早就调查过了，那位老妇人跟侄女住在一起，很可能已经一百岁啦——或许，稍微短一些。安妮，所谓的夸张，只不过是诗词一般空白的幻想。很多暴发户想购买那片地皮——以今天来说，它已经是一笔很可观的财产——不过，芭蒂始终不肯脱手。屋后有片苹果园——只要咱们再走一段就可以看到了——这种景象在斯勒福德街头可是一大特色呢！"

"今夜，我要做芭蒂之家的梦，"安妮说，"咦！我有种奇怪的感觉，好像我是那家里的一分子。说不定，我们能够进去参观哦！"

"那是绝对不可能的事。"普莉西拉说。

安妮浮现出一种不可思议的微笑："是啊，乍看起来是绝对不可能的，不过，我认为极有可能。因为，我有一种难以言表的预感——那就是，我将跟芭蒂之家亲近起来。"

第七章

回 乡

　　在雷蒙学院的前三个星期，安妮感到度日如年，然而那个学期的其余部分，却如疾风一般过去了。待安妮清醒过来时，雷蒙学院的学生们正被圣诞节前的考试所折腾，所幸，一切都顺利地应付过去了。一年级的学业之魁老是在安妮、吉鲁伯特跟菲儿之间打转。普莉西拉的成绩也名列前茅。查理·史龙则在及格的边缘。然而，他始终一副悠然自得的模样，仿佛他也维持着优秀的成绩。

　　"我实在不敢相信，我就要回到绿色屋顶之家了，"出发的前一晚，安妮说，"不过，这是千真万确的事实。菲儿，你就要回到波林布洛克那个地方，跟亚力克或亚兰索在一起啦！"

　　"我很想看看那两个宝贝哩！"菲儿嚼着巧克力说，"我要好好地度过这个假期。我将有一连串的舞会，驱马车兜风，以及游乐。如果你不跟我一块儿度假，我永远也不会原谅你——安妮皇后。"

　　"菲儿，我很明白你所谓的永远最多只能维持三天。谢谢你邀请我——有一天，我必定会到波林布洛克一游。可是这次不行。因为，我非回家不可。你不会理解我想家的程度的。"

　　"我想，你那儿没啥好玩的，"菲儿轻蔑地说，"充其量，只有一两次的缝纫派对……再来嘛……就有一些好管闲事的三姑六婆，在你的身前背后咕哝一阵子。你一定会感到无聊透顶的！"

　　"你是说艾凡利？"安妮感到非常好笑。她说，"菲儿，你说错啦！不信的话，你跟我回去瞧瞧，我保证你每天都能过惬意的日子。我要回去的地方是一个古老的农庄。在往昔很可能是醒目的绿色，不过，现在已经多少褪了颜色。这个农庄就在苹果园的中间，下面有一条潺潺的小河，对面是十二月的枞树林子。在那座森林里，我听着风儿与雨点拨弄竖琴而长大。附近的水池子……现在或许已经变成了灰色，正进入沉思的境地吧！家里有两位慈祥的妇人。一位高挑清瘦，另一位则肥胖，个儿矮小。有对双胞胎，一个是无可挑剔的模范儿童，另外一个！套句林顿夫人的话儿——叫人头大的调皮鬼。前门的二楼有个小小的房间，过去的一段温馨回忆，都被我重重地锁在里面……怎样？我描绘的这张画儿够美了吧？"

　　"叫人感到索然无味呢！"菲儿皱起了眉头说。

　　"噢！对了！我不曾提起使一切发生变化的原动力呢！"安妮很宁静地说，"菲儿，那儿有浓得化不开的爱呀！那是我在另外任何地方都找不到的柔细、甜蜜，以及永久不变的情爱呢！那份浓得化不开的爱一直在等着我呢！或许颜色不够鲜艳，但

是它可是我的一部杰作呀！"

菲儿缓缓地站起来，抛掉了巧克力盒子，靠近安妮，两手搭在安妮的肩膀上说："安妮，但愿我也跟你一样……"菲儿的声音充满了真挚。

第二天夜晚，安妮跟前来卡摩迪车站迎接的黛安娜双双驱着马车，在一片宁静的星空下，往回家的路奔驰。进入小径以后，绿色屋顶之家呈现出了庙会似的热闹情景。所有的窗户都泄出了辉煌的灯光，那种灿烂光辉穿透艾凡利的黑暗，仿佛是有人朝着幽暗的魔鬼的森林，投掷火焰般的红花。

后院有一堆壮大的篝火，正在熊熊燃烧，篝火周围有两道小小的人影，正在使劲地舞动身体，待马车进入白杨树下面时，这一道道小小的人影，不约而同发出了惊天动地的呐喊声。

"那是德威在效法印第安人的欢迎仪式，"黛安娜说，"德威跟哈里森先生雇用的男孩学会了这种玩意儿，一直在练习，想作为欢迎你回家的仪式呢！他为了点燃欢迎你的篝火，两个星期以前就开始收拾枯枝，又吵着让玛莉娜在枯枝上面泼一些灯油。林顿夫人一直反对，叫玛莉娜禁止德威燃点篝火，否则的话，到时德威将把所有人都吓跑了。"

当安妮走出马车时，德威雀跃地扑到安妮的身上，就连多拉也抓起了安妮的手。

"安妮姐姐，那些篝火是不是很壮观啊？安妮姐姐，我捅那些火给你瞧瞧，你看！冒出来的火花是不是很壮观啊？姐姐回家我实在太高兴啦！"

这时，厨房的门儿打开了，玛莉娜瘦削的身子背着屋里的灯光，出现在门口。玛莉娜原本就喜欢以这种方式迎接安妮，因为她很担心自己会喜极而泣。林顿夫人站在玛莉娜的背后，跟以前一样，充满了亲切和快活的表情。

安妮对菲儿提起的爱，正热烈地包围着安妮，一股充满祝福的气氛把她团团围住。当安妮看到晚餐桌上丰盛的菜肴时，她的眼睛犹如星星般闪耀了起来，双颊染成晚霞一般，她的笑声犹如银铃般响了起来。而且，黛安娜又准备跟安妮彻夜长谈呢！这不就跟以往令人怀念的时代一模一样吗？餐桌上面也放置着一个印有玫瑰花蕾的茶壶，而它正是安妮最喜爱的茶具！看来，玛莉娜早已为安妮的归来紧锣密鼓了。

"安妮，你又要跟黛安娜讲通宵的悄悄话，对不对？"一对少女想上楼时，玛莉娜就如此揶揄安妮。每次表露出自己的感情以后，玛莉娜总是会揶揄人。

"是啊，"安妮以兴奋的语调回答，"不过在这之前，我想送德威上床睡觉。因为，德威坚持让我抱他上床。"

"嗯，"德威在走廊说道，"我希望能有个人听听我的祈祷，一个人祈祷挺没意思的。"

"怎么会是单独一个人呢？德威，神永远跟你在一起，一直在听着你的祈祷呢！"

"但是，我根本就不曾看到过神呀！我希望有人看到我在祈祷。不过，林顿阿姨和玛莉娜阿姨就免啦！"

安妮给德威换上了灰色法兰绒的睡衣时，德威还是迟迟没

有祈祷。他忸怩不安地站在安妮面前，用他的一只脚去擦另外的一只脚，拿不定主意似的。

"好吧！德威乖，你就跪下来吧！"安妮说。

德威把他的面孔埋进安妮的大腿，但是他并不下跪。"安妮姐姐，"德威压低嗓门说，"我其实根本就不想祈祷！我已经整整一个星期不曾祈祷啦！"

"德威，那又是为什么呢？"安妮温柔地问。

"如果……如果我说出来的话，安妮姐姐会不会生气呢？"

安妮把穿着法兰绒睡衣的小萝卜头抱到她的大腿上说："德威，以前你对姐姐说话时，姐姐生过气吗？"

"嗯，一次也没有——可是，我怕姐姐会感到悲哀。而且，姐姐将以我为耻呢！"

"德威，你到底干了什么见不得人的事啦？因为这个你就不敢祈祷了，是吗？"

"我并没有做什么调皮捣蛋的事儿——不过，有时候我想尝试一下。"

"你到底干了什么坏事啊？"

"我……我……我说了脏话儿！"德威费了九牛二虎之力才说了出来，"上个星期，一个在哈里森先生那儿做事的男孩子，对我说了那句话。我听了以后，一直在说那句脏话，就连在祈祷时也如此。"

"那么，你就把那句脏话说出来吧！"

德威有点不敢相信自己的耳朵，凝视了安妮好一阵子，再垂下了头，以低沉的声音说了那句脏话。刚说完，他把自己的脸贴在安妮的脸上面，对安妮说："啊！安妮姐姐，我绝对不会再说那句脏话啦！如果我再说的话，情愿歪嘴斜眼。我知道那是一句坏话，但是没想到它竟然这么难听。"

"是啊，如果你是乖孩子的话，千万别再说那种脏话了。如果我是你的话，我就不跟哈里森家的那个孩子来往。"

"可是，他会说很多大人可以说的话儿呢！"德威似乎感到有那么一点点遗憾。

"德威，那样就更糟啦！因为你的内心将充满不该说的脏话。德威，你不在乎别人在你心灵里面放毒，使你美好的一面完全消失吗？"

"我很在乎呢！"德威在自我反省之后，以正经八百的眼光看着安妮回答。

"既然如此，你就不要跟说脏话的孩子一起玩啦。那么，现在你可以祈祷了吧？"

"嗯……可以啦！"德威跳下床榻，双脚跪地说，"现在，我可以自由自在地祈祷啦！那时，我因为说了脏话，不敢祈祷，害怕亵渎了神，以后会在睡梦中死去。"

那一晚，安妮跟黛安娜整夜都说着体己话。虽然她俩胡闹了一阵子，又彼此坦白交心，直到很晚才睡，但是在早餐桌上，两个少女仍精神十足地交谈，一点也没有困倦的样子。

在这之前，始终不曾下雪的艾凡利，待黛安娜走过木桥回去以后，在赤褐色以及灰色的荒野、森林，开始飘起了银白色

的雪花。不久以后，遥远的山和小丘，也披起了轻纱般的披肩，仿佛是脸色苍白的秋季新娘，头上戴着雾一般的白纱，正在等着冬季的新郎。然后，她们就这样迎来了银色的圣诞。

　　上午，拉宾达小姐的信函和礼物被送到了绿色屋顶之家。安妮就在宜人的厨房桌子上面，摊开信件来阅读。此刻，德威也在厨房里面，不停地抽动着鼻子，大赞着好香。

　　"拉宾达小姐跟史蒂夫先生，好不容易住进新的宅第里面，"安妮报告着，"从整封信的气息猜测，拉宾达小姐好像生活得很幸福。不过，乔洛达四世却说她不喜欢波士顿，非常想家。拉宾达小姐交代，我在家里休假期间，务必去几趟回声庄，在屋子里面起个火，保持室内的干燥，避免坐垫发霉。下个星期，我就找黛安娜跟我一起去，晚上就住在迪奥多拉那儿吧！我很想会会迪奥多拉。对啦！鲁多毕克还在跟迪奥多拉约会吗？"

　　"是啊，"玛莉娜说，"瞧鲁多毕克那副吊儿郎当的德行，不知还要拖多久呢！大伙儿都没有兴趣看他的求婚啦！"

　　"如果我是迪奥多拉的话，一定会催促鲁多毕克。拖得太久啦！真是的……"

　　到回声庄拜访，是安妮在休假期间里，感到最快乐的一次远行。安妮跟黛安娜在篮子里装着午饭，又在山毛榉的森林里走路。自从拉宾达小姐结婚后，一直被关闭的回声庄再度被开放。暖炉的火再度被点燃了起来，室内顿时有了生命的气息，一切似乎又恢复到以前的状态。拉宾达小姐仿佛又笑盈盈地走了出来。乔洛达四世满头蓝色的结发缎带又浮现在安妮眼前。

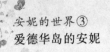

甚至保罗也在那一带踱步，一心一意幻想着妖精的变幻莫测。

"黛安娜，我有一种古怪的感觉，仿佛自己是再度来到人世间的幽魂！"安妮说罢，开怀地笑出了声音，"我俩到外面瞧瞧，看看是否还有回声存在。黛安娜，请你把角笛拿出来吧！它就放在厨房的橱柜上面。"

原来，回声仍然居住在白河水岸，仍然跟以前一样，拥有银铃似的悦耳声音，数目多得犹如天上的繁星。待回声完成了它们的回答以后，两位少女再把回声庄关闭了起来，在冬日的夕阳把西方天空染成玫瑰色和蕃红花的颜色以后，她俩才踏上归途。

第八章

最初的求婚

旧年的最后一天，并非在没有冰雪的薄暮里，静悄悄地跟着粉红色的夕阳一起消失，而是陪着惊天动地的暴风雪扬长而去。那一个夜晚，暴风咻咻吹过封冻的牧场，以及黑黝黝的洼地，再把雪花投掷在颤抖的玻璃窗上面。

"每个人似乎都用毛毯裹着身体，庆幸自己还平安似的……"安妮对琴恩·安德鲁说。

琴恩在午后就来到了绿色屋顶之家，而且将在这儿过夜，跟安妮围炉夜话。不过，当她俩围坐在安妮房间的火炉旁时，琴恩所想的事儿，并非只是她的幸运。

"安妮，"琴恩开口说，"我想对你说一件事情，不知你想不想听？"

在前一晚，安妮出席了琪丽儿所主办的派对，实在很想早些睡觉。她心想——与其听琴恩硬邦邦的报告，不如蒙头大睡比较痛快些。而且，她对琴恩想说的话儿完全没有预感，会不会是琴恩已经订婚了呢？安妮听琪丽儿说过，几乎艾凡利的所有适婚少女，都争先恐后地跟史宾塞维尔的教员订了婚。

"我想在不久以后，在四个死党里面，唯有我将变成孤独的游魂，她们三个人（黛安娜、琪丽儿、琴恩）想必都名花有主啦！"安妮一面打盹，一面如此想着，不过她的嘴里仍旧说："好啊，你就说出来听听吧！"

"安妮，"琴恩打哑谜似的说，"你……你认为我老哥比利如何呢？"

这种出人意料的问话，使安妮惊骇得几乎停止了呼吸，不过在内心里，她仍然在不停地挣扎——唉！我应该如何回答才好呢？我想过比利这个年轻人吗？说真的，对于那个脸儿圆滚滚，始终在傻笑，愣头愣脑，脾气温驯的比利·安德鲁，安妮一直不曾想过他。难道有人会去想念比利·安德鲁吗？

"琴恩……我说不上来呀！"安妮有点结巴地说，"到底是怎么一回事啊？你不妨明白地告诉我。"

"你喜欢比利吗？"琴恩单刀直入地问。

"这个嘛……嗯……当然啦……我喜欢他……"安妮喘着气，断断续续地回答。

不过，她也怀疑自己言不由衷。的确，安妮并不讨厌比利。对于偶尔进入她世界的比利，她固然并不怎么关心，不过一向对他很宽大。这种现象能够称之为喜欢吗？琴恩到底想说些什么呢？

"你喜欢比利做你的丈夫吗？"琴恩沉着地问。

第八章
最初的求婚

"什么！做我的丈夫？"安妮为了表现自己对比利的态度，本来已经坐在床上，听了琴恩这句话后，她又整个人翻到枕头上面，差点就停止了呼吸，"你是说谁的丈夫？"

"当然是你的丈夫呀！比利连做梦都在想着跟你结婚呢！他一直爱慕着你——几天以前，我父亲把所有的田地都登记在哥哥的名义下，这样他就可以名正言顺地结婚啦！但是我那个宝贝老哥很害臊，根本就没有胆量向你求婚，所以……他就差遣我来办这件事儿啦！安妮，你以为如何呢？"

这是不是一场梦呢？在梦境里，我们会突然地跟陌生人，或者自己所厌恶的人订婚，甚至结婚。

难道安妮现在也在做这种梦吗？不……绝对不可能，因为安妮·雪莉正睁大双眼躺在自己的床上，而琴恩正在她旁边，以泰然自若的表情，替比利向安妮求婚。安妮也弄不清楚，自己应该开怀地笑起来呢，还是应该表现出痛苦的模样？结果安妮把两种做法都放弃了，因为，她不想伤及和琴恩的感情。

"我……我不能跟比利结婚呀！琴恩，你懂我的意思吗？"安妮好不容易才说出这句话，"因为，我连一次也不曾想过这件事情啊……天哪！就连一次也没有呢！"

"也对，"琴恩也同意地说，"我那老哥比利呀，是个相当害臊的人，就是打死他，他也不敢向女孩子求婚呀！不过安妮，你不妨好好地考虑一下。比利虽然是我的亲哥哥，可我还是要说他是一个大好人。他完全没有不良习性，一向很努力地工作，是一个值得依靠的男人。如果你应允的话，比利表示可以等到你大学毕业。我老哥希望在春耕以前完成婚礼。安妮，比利保证，他会一辈子好好地疼惜你，我也希望你成为我的嫂子。"

"我不能跟比利结婚，"安妮很干脆地说，"琴恩，这可是一件永远不可能发生的事！因为，我对比利并没有存着那种好感啊！你就明白地对比利说明吧。"

"其实，我老早就知道你不可能答应，"琴恩因为已经仁至义尽，以致叹了口气说，"我已经跟比利说过，就算问你，也等于白问，多此一举。但是比利不到黄河心不死，一定要我亲口问你一次。好吧，我已经明白你的意思啦！安妮，我希望你别后悔。"

琴恩的口气有些微微的冷淡，虽然她已经预知兄长的愿望不可能达成，然而安德鲁家遭受到安妮断然拒绝的事，使她感到浑身都不是滋味——好吧……骄者必败，总有一天，我也要让你尝尝遭受到被拒绝的滋味——琴恩很不甘心地如此想着。

一想到琴恩那句话——你不跟比利结婚的话，将来一定会后悔——安妮在一片黑暗中不觉莞尔一笑。

"希望比利别为了这件事情而感到伤心。"安妮很体贴地说。

听了这句话，琴恩从枕头上抬起了她的头说："噢！我老哥比利不会悲伤的，因为他对妮蒂·普莉爱德也很有兴趣。我母亲希望比利娶妮蒂为妻，她不仅善于理家，而且很节俭。如果你不跟比利结婚的话，他自然就会娶妮蒂为妻啰！关于这件事情，请你别对任何人说。谢谢你，安妮。"

"你放心，我绝对不会说的。"

"那么，我们就好好睡吧！"

琴恩很快就睡着了。但是受到委托者求婚的安妮，却一直睁着眼睛躺到天亮。不过，到了第二天早晨，安妮立刻针对这件事情，逮到了从内心笑出眼泪的机会——眼看着琴恩回去时显露出的冷淡言行和态度——安妮回到楼上自己的房间，关了房门，痛痛快快地笑了好一阵子。

"这种滑稽透顶的事，不对他人提起的话，心里会感到十分遗憾呢！"安妮想着。

"可是，我绝对不能这样做呀！虽然我只想对黛安娜提起，但是她一定会转告弗雷德，而且我又答应了琴恩不告诉别人，所以嘛！我绝对不能说了。"

"真是出人意料，这就是我第一次碰到的求婚。而且，又是通过代理人呢！虽然滑稽得叫人喷饭——然而，其中毕竟还是有些刺痛人的荆棘……"

安妮很清楚"荆棘"到底在哪里。她的内心一直在憧憬，某个人会对她提出这个重大的请求，而她又能够很兴奋地答应他。

当然啦，这个请求的提出者必须是英俊倜傥的王子。纵然是不得已必须严词加以拒绝的对象，安妮认为对方必须长得眉清目秀，拥有黑色的双眸，而且举止高贵典雅，能言善道才行。

以后者而言，因为安妮婉拒的言词说得很得体，又不会伤到对方的心灵，所以他也会温文儒雅地吻安妮的手，并且说他将终身不渝地爱她。像这类事情是值得自豪的，而且它又带着些许的浪漫哀愁，所以将变成一场永久甜美的回忆。

　　然而，令安妮万万想象不到的是，这种应该使心中小鹿乱撞的经验，竟然变成了一种近似丑角戏的结果。

　　比利·安德鲁因为父亲给了他一大片田地，喜滋滋地准备迎接新娘。叫自己的妹子扮演求婚的角色，声称如果安妮不愿以他比利·安德鲁为夫，妮蒂·普莉爱德就会心甘情愿地嫁给他。这不是很彻底的浪漫行为吗？

　　想到这，安妮不觉莞尔一笑——接着又叹了一口气。

　　因为她纯洁无瑕的少女梦中的花瓣，无情地被打落了几片。如果这种苦涩的课程进行一段时间的话，是否每件事情都会变成枯燥而无味的东西呢？

第九章

老朋友的来信

套一句菲儿的话说，雷蒙学院的第二个学期跟第一学期相似，咻的飞过去啦！在这期间，安妮认真又拼命地用功，以期能够凭英国文学获得奖学金。只要获得这笔奖学金，明年就不必动用玛莉娜的那些储蓄，仍然能够回到雷蒙学院修学分。安妮下定决心，在任何情况下，绝对不动用玛莉娜的储蓄。

吉鲁伯特也想获得奖学金，虽然一直在努力地用功，但是他仍常利用闲暇到圣约翰街三十八号去探望安妮。几乎在所有大学举办的活动节目里，吉鲁伯特都跟随着安妮参加，以致安妮知道大伙儿都把他俩的名字连在一起，说一些悄悄话。

关于这件事情，安妮是有一点儿不悦，但是她也无可奈何，因为她实在不想失去这位好友。近些日子以来，吉鲁伯特对安妮的态度，可使用"战战兢兢，如临深渊，如履薄冰"来形容——再也不敢引起安妮的反感。这是因为有很多男生虎视眈眈地围绕着安妮，想一亲芳泽。

不过，在那年的冬天，仍然发生了一些叫安妮气愤的事情。

有一个晚上，查理来访，他犹如一块盘石镇压在爱达小姐最珍惜的坐垫上面，然后问安妮将来是否有意当他的夫人。如果不曾发生比利叫琴恩代为求婚那件事情，安妮一定会受到相当大的震惊。然而，正因为代为求婚那件事儿才发生不久，安妮并没有感到太大的惊讶。

不过，这件事仍然让安妮感到心碎似的悲哀。同时，安妮也感到怒不可遏。因为安妮始终想不出，自己有过何种举止，促使查理向她求婚。查理的态度、口气，以及神情，甚至用词，都充满了史龙家特有的气息，他在暗示安妮，能够跟他结婚是她的造化，她的福气。不过安妮并不领情，她认为这才不是什么福气呢！安妮婉转地、不损及对方自尊地婉拒了查理的求婚。

想不到，查理并不像一般被拒的求婚者那样悄悄地退下，反而表现出无端的愤怒，并且说了几句不堪入耳的话。安妮在盛怒之余，戳破了一向保护查理的史龙家名誉，也回敬了查理几句火辣辣的话儿。

查理抓起他的帽子，涨红着一张脸跑到屋外。安妮前后两次绊到爱达小姐心爱的坐垫，奔到二楼，扑到床上，因屈辱与愤怒而失声痛哭。她扪心自问——难道我堕落到必须跟史龙家的人争论吗？查理·史龙所说的话，真的具有惹恼我的力量吗？啊……我真的落魄到这种程度了吗？

"我再也不跟那个凸眼的家伙见面啦！"安妮的内心充满了愤怒，趴在床上抽泣着。

这以后，每当查理碰到安妮时，态度便显得非常冷漠，这样的同学关系维持了将近一年。不久以后，查理获得了一个欣赏他爱情价值观的小女生的青睐。这个小女生有一张浑圆的面孔，肤色白皙，大大的狮子鼻，以及一对蓝色的眼睛。这以后，查理就彻底地原谅了安妮，他这么做的目的，无非是想要使安妮深感到她的损失罢了。

有一天，安妮很兴奋地跑进普莉西拉的房间。

"你瞧瞧这个！"安妮嚷着，交给普莉西拉一封信，兴奋地说，"是史蒂拉·梅奈德寄来的……她表示明年要来雷蒙学院攻读。你认为史蒂拉的想法如何呢？如果能够实现的话，那实在太棒啦！我们三个人又能够疯在一起啦！"

"让我瞧瞧史蒂拉的信。"

普莉西拉说着，放下希腊文的辞典，拿起了史蒂拉·梅奈德的信函。在皇后学院时代，梅奈德是她俩的至友，毕业后一直在小学吃粉笔灰。她在信里如此写道——

安妮，我想放下教鞭，明年到大学攻读。因为我在皇后学院读了三年，所以可以插班去上大学二年级。我已经厌倦了偏僻乡村的小学教师生活。进入大学以后，我想撰写一篇《乡村女教师如何接受考验》的论文。如此一来，它将成为一篇最为写实的报导。一般乡下人对教师的印象是——女教师只会每月领取薪水，过着奢华糜烂的生活。我将在那篇论文里描述我们的真实状况。"嘿……听说你们的钱赚得很容易，是吗？"一个

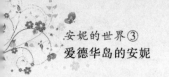

乡下的纳税者以肉麻的声音对我说，"因为你们只要坐在一旁，听取学生有关课业方面的回答就行了。"

刚开始时，我总是跟他们争论，如今，我已经懒得去管他们了，充其量，只是傲然地微笑。因为事实胜过雄辩呀！我们的学校总共有九个年级，我必须从蚯蚓的内脏教到太阳系的各个行星，几乎是什么东西都要教。最小的学生才四岁——他的母亲嫌他碍手碍脚，所以干脆就把他送到学校。最年长的学生是二十岁——因为有一天，他突然心血来潮，认为到学校受教育，比起在田里做活儿轻松多啦！

对于必须把种种探究塞入一天六小时的课程中，并且拼命善尽教职的我来说，已经没有余暇看学生到底在做些什么了，恰如跟着父母去看电影的小男孩般——"在弄不清楚发生什么事情时，就得看下次会怎么样。"我现在就有那种感觉。

至于我所收到的信件嘛，实在叫人感到啼笑皆非！汤米的母亲抱怨儿子的算术老是没有进步。她说——她家的汤米还在做简单的减法，想不到乔尼却已经在学分数了。但是，乔尼一向愣头愣脑的呀！根本就没有她儿子汤米的一半聪明呢！她一再指正我，说我缺乏判断力！

苏西的父亲更绝呢！因为他那宝贝女儿所写的信件中，有一半的字句拼法错误。他问我，能不能告诉他原因何在？狄克的阿姨实在有点儿莫名其妙，她不断叮咛我要更换狄克的座位——因为跟狄克坐在一起的金发少女，一直在教狄克说些骂人的三字经。

关于经济状况方面嘛……咱们都心照不宣，不说也罢！万能的神，往往把最后要破产的人，变成乡下的女教师呢！

好啦！牢骚发到这里，我的郁闷之气也消啦！现在，我想"跳槽"到雷蒙学院。

安妮，我有一个小小的计划。你也很清楚，我一向最不喜欢寄居于别人的家里。前前后后，我已经过了四年寄人篱下的生活，如果以后的三年大学生活也必须那样的话，我不发疯才怪呢！我想——普莉西拉、你跟我，不如在金斯伯德找一间小房子，可以自己做饭。或许你会说，咱三个女生都不擅长做饭，关于这一点你尽可放心，我以前不是跟你提过我的姬茵西娜阿姨吗？或许，你会认为"姬茵西娜"这个称号有一些古怪，其实那是大有来由的！因为在"姬茵西娜"阿姨出生前一个月，外祖父在海里溺死，因此，外祖母就把阿姨名字加上了"西"①字。最近，姬茵西娜阿姨唯一的女儿，也就是我的表姐嫁给了一名牧师，远赴国外传教去了，姬茵西娜阿姨守着一栋大房子，感到分外寂寞。只要我拜托她，她一定会很乐意到金斯伯德来照料我们，我相信你俩也会喜欢姬茵西娜阿姨的，只要一切能够按照计划进行！我们一伙人就能够生活得很惬意。

如果你跟普莉西拉都赞成的话，那就赶快找房子吧！如果是附有家具的房子，那就再好不过了。就算没有，也不要紧，我们不妨住亲朋好友家的仓库。搜集一些他们不用的家具，那

---

①西: sea, 海。

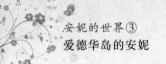
不就得啦？如果你俩同意的话，赶快写信告诉我，我会立刻跟姬茵西娜阿姨联络的。

"真是好主意。"普莉西拉说。

"我也认为梅奈德的想法太好啦！"安妮高兴地附和道，"那么，我俩就得趁着考试开始之前，到处找房子了！"

"我想，要找到一栋合适的房子相当困难，"普莉西拉持保留的态度，"安妮，你别抱太多的期待。因为想找到一栋建在好地方的好屋子，绝对不是咱们力所能及的一件事情。充其量，我们只能居住在市郊，类似修士安身的烂房子，然后以充实的生活来弥补房子外观方面的寒酸。"

就这样，两个少女刻意地找起了房子。的确，要找一栋合适的房子，比起普莉西拉所说的更为困难。其实，不管附带家具与否，房子实在太多了，但是她俩找到的房子不是太大就是太小，不然的话，就是房租昂贵得叫她们负担不起。好不容易才找到差强人意的房子，可惜距离雷蒙学院太远了。考试转眼就过去了，然而，安妮心中所描绘的"美梦之家"，仍然处于空中楼阁的状态。

"看样子，只好等到秋天再找啰？"普莉西拉以疲倦不堪的口吻说。

一个宜人的四月下午，两个少女在公园里踽踽而行。风儿懒散地吹拂着树叶，天空碧蓝如洗，珍珠色的雾霭笼罩着港口，港外的水天接连处呈现出奶油色。

"到了秋天，咱们说不定能够找到一栋能够避开雨露的小房子。就算找不到，我们仍然可以过着寄人篱下的生活呀！"

"我想，也只好那么办啰！"安妮说，"在春天里，万物焕然一新，处处充满了生机。不过，景象不可能跟前一年完全一样，每年总是有些特别的东西，甚至具有独特的美。你瞧！小水池旁的草儿变成了翠绿色，柳树也吐出了新芽呢！"

"反正考试已经结束了。星期三要召开学生会——下星期的今天就可以回家啦！"

"哇！我好高兴！"安妮眯着灰色大眼说，"我想做的事情实在太多啦！我想坐在厨房的阶梯上，由哈里森先生的田园吹来的风儿轻拂着，再到魔鬼的森林找寻吐新芽的羊齿草，接下来，又到紫罗兰之谷摘取紫罗兰。普莉西拉，你还记得咱们一同野餐的日子吗？我很想听蛙儿的合唱和白杨树的耳语呢！不过，我也喜欢上了金斯伯德。今年秋天，我会高高兴兴地回来，如果我争取不到奖学金的话，那……那就可能回不来啦！因为无论在什么情况之下，我绝对不会动用玛莉娜的储蓄。"

她俩就这样在公园里面流连，一直到日薄西山，才走上斯勒福德街，想瞧"芭蒂之家"一眼，再踏上归途。

"普莉西拉，我想现在就要发生不可思议的事情了。因为，我的大拇指正在隐隐作痛呢！"安妮在她俩爬上坡路时说，"奇怪……我感到咱俩仿佛置身于动人的故事里面——啊……啊……天哪！普莉西拉，你快点瞧那儿！咦？那是真的吗？会不会是我看到了幻影？"

普莉西拉朝着安妮手指的方向，定睛一瞧。的确，安妮的大拇指跟眼睛完全正确！芭蒂家入口处的大门上垂着一个木牌子，上面很清楚地写着——

吉屋出租，附有家具——详情面谈

"普莉西拉……"安妮嗫嚅着，"你认为咱们能够租到'芭蒂之家'吗？"

"我认为不可能，"普莉西拉断言道，"天下哪有如此便宜的事儿呢！我可不敢存着那种奢望！你先别高兴得太早，你认为咱们租得起吗？你可别忘啦！那栋房子是在斯勒福德街上呢！"

"反正，看看也无妨啊！"安妮以截然的态度说，"今晚拜访人家太晚了些，咱们就明天去拜访她们吧！哦……普莉西拉，如果咱们能够租到这栋房子，那该多好！我第一眼看到它时，就认定它跟我的命运有着密切的联系呢！"

第十章

"芭蒂之家"

第二天黄昏，安妮跟普莉西拉两人下了最大的决心，按下了"芭蒂之家"的门铃。

不久，一个愁眉苦脸的女佣人出来开了门，把她俩带进客厅里面。客厅的壁炉旁坐着两个年老的妇人，她俩也是愁眉苦脸的神情。一个约七十岁，另外一个大约五十岁。除了年龄相差一大截之外，两人的装扮却如出一辙。在她俩铁框眼镜的后面，都有一对叫人惊讶得离了谱儿的大眼睛，而且都是蔚蓝色的。两人都戴着没有边缘儿的帽子，同样披着一条披肩，慢条斯理地编织着毛衣。两人不约而同地荡着摇椅，一言不发地凝视着两个来访的少女。在她们的背后各有一只白陶制的狗儿镇坐着，全身散布着绿色的斑点，尤其是鼻部和耳朵的斑点，使它们看起来更为俏皮、可爱。

安妮一看到它们就喜欢得不得了！它俩看起来，仿佛是芭蒂家双胞胎的守护神。

在开始的那段时间里，并没有人开口。安妮倒是先环顾了一下房子。不错，这是一栋叫人感到心旷神怡的典雅房子！房屋的另外一条走道，一直通到松林，大胆的知更鸟径直走进屋里。地面上到处铺着玛莉娜喜欢编织的圆圆的地毯。就以艾凡利来说，那已经是老旧而赶不上时代的东西啦！想不到，它竟然在斯勒福德街出现了！

在屋内的一个角落，擦拭得很光亮的旧式砝码时钟，正以沉重的声音刻划着时光。暖炉的对面放置着一个小巧的餐具橱柜，在玻璃门儿里面，古雅的陶器发出柔和的光，墙壁上面挂着古老的版画和剪影画。

屋子的另一角是楼梯，在第一个拐弯的地方，设置着细长的玻璃窗，窗边排着叫人感到舒服的坐椅。反正，一切都跟安妮预料的一模一样。

普莉西拉再也忍受不了沉寂，于是用手肘碰碰安妮，暗示她开口说话。

"我……我们……我们看到了门口的木牌子。你们的房子是否要出租？"安妮小声地对年长的妇人说。（她以为对方就是芭蒂夫人。）

"嗯……我们本来有那个打算。不过，我准备今天把它取下来呢！"芭蒂小姐回答。

"你的意思是说——我俩来迟了一步，"安妮悲哀地说，"你已经把房子出租给别人了，对不对？"

"不是的，而是我们不想出租了。"

"那实在太遗憾啦！"安妮不觉地大声说，"我非常爱这栋房子呢！我一心一意想把它租下来……可惜……"

如此一来，芭蒂小姐放下她手中编织的毛线，摘下她的眼镜，使劲擦拭一番，再度戴上，打量起了安妮。另外一个妇人也立刻效仿，以致让安妮感到有些难为情。

"你真的爱这栋房子吗？"芭蒂小姐加强了她的语调，"你是真的爱这栋房子吗？或者，只是中意这栋房子的构造呢？如今的女孩子哪！几乎都喜欢用一些夸大的言词，以致叫人无法捉摸她们的真心。"

听了芭蒂小姐这句话，安妮并没有一丝不安或心虚。她说："我是真的很爱这栋房子。自从去年秋季看到这栋房子以后，我就对它魂牵梦萦了。我跟几位志同道合的朋友商量好了，明年不再寄居在别人的家里，而由大伙儿来合租一间房子。当我知道这间房子要出租时，高兴得几乎跳了起来呢！"

"既然你那么喜欢，那就租给你吧！今天我之所以不想把房子出租，主要是那些想租房子的人都不合我意。而且，房子并不是非租出去不可。就算不租出去，我们仍然可以到欧洲去，只是租出去以后，旅费会比较丰足。话虽如此，我仍然不会把房子租给之前那些来参观过的人，即使他们要送我一座金山，我也不会租给他们。我想你一定会爱惜这栋房子的，所以我愿意租给你们。"

"我很高兴——不过，租金要多少呢？"安妮有那么一点儿迟疑。

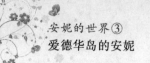

芭蒂小姐说出了租金的数目。安妮跟普莉西拉面面相觑。普莉西拉摇摇头。

"真遗憾，我们是心有余而力不足哪！"安妮拼命忍住失望说，"您也看得出来，我俩只是学生，而且并不富裕。"

"那么，你认为多少比较合适呢？"芭蒂小姐一边编织，一边问安妮。

安妮说出数目以后，芭蒂小姐很庄重地点点头说："那样就行啦！刚才我已经说过，我们并不一定非出租不可。我们虽然算不上富有，不过到欧洲的旅费还能够筹出来。我自己并不想到欧洲观光，只是我侄女玛莉亚·斯勒福德很想去一趟。她坚持非去一趟不可，但是，我不放心她单独到千里之外的欧洲去啊！"

"那是理所当然的事呀！"看着芭蒂小姐一本正经地说，安妮回答道。

"我今年已经到了古稀之年啦，却仍然还没有活够呢！我想这次出远门少则两年，多则三年才会回来。我们将在六月出发。到时，我会叫人把房子的钥匙送到你那儿，你就可以随时搬进来住。除了特别重要的两三箱东西要带走，其余的东西都会留下来。"

"那两只陶制的狗儿要留下来吗？"安妮有点提心吊胆地问。

"你希望它们留下来吗？"

"嗯……我是希望这样，因为它们看起来太可爱了！"

听了这句话，芭蒂小姐的面孔立即浮现了欣喜的表情。

"我也正在考虑那两只狗儿呢！它俩或许已经一百多岁了

吧！自从五十年前，我的哥哥从伦敦把它们带回来以后，它俩就一直坐在暖炉两侧。所谓的斯勒福德街，就是用我哥哥的名字命名的呢！因为，他就叫做艾隆·斯勒福德。"

"他是一个很出众的男人，"玛莉亚小姐第一次开口，"唉……像他那样的人，今天已经完全找不到了！"

"对你来说，他是很好的伯父呢！玛莉亚，"芭蒂小姐很感动地说，"真难得，你还记得你的伯父。"

"我永远都忘不了他，"玛莉亚很感性地说，"现在，我仿佛还能够看到他呢！他就站在暖炉旁边，用手抓着衣摆，笑容可掬地瞧着我们……"

玛莉亚小姐掏出手帕，擦拭了一下她的眼睛。不过，芭蒂小姐决心从感伤的世界走出来，回到现实的问题上来。

"如果你能够妥善照顾它俩的话，我就让它们留下来吧！它俩的名字叫'狗狗'与'马狗狗'。右边的是狗狗，左边的是马狗狗。对啦！我还有一个问题，你不反对这栋房子称之为'芭蒂之家'吧？"

"嗯……那当然。我认为这个名字就是这所房子最吸引人的一点。"

"你非常通情达理，"芭蒂小姐很满足地说，"那些来看这栋房子，有意租下它的人们都异口同声问，在他们居住在这栋房子的时间内，是否可以把那块门牌暂时收起来。我就坦白地对他们说，这个名字跟这栋房子绝对是分不开的。自从我哥哥在遗言中把芭蒂两个字留给我以后，它一直就是芭蒂之家。在我死亡以前，一直到玛莉亚死亡以前，它将一直是芭蒂之家，至于以后的所有者要如何称呼它，我们就不管啦！那么，在订立契约以前，你们去瞧瞧房子吧！"

巡视了一周以后，两个少女更感到心满意足。

楼下除了宽敞的客厅，还有一间小卧房和厨房。楼上有三个房间，一个很大，两个比较小。安妮挑了一间比较小，窗外有一棵大松树的卧室。房间的墙壁上贴着水蓝色的壁纸，小小的古典化妆台上附着蜡烛台。菱形玻璃窗，附有蓝色薄毛料的窗帘，窗边有一张适合读书和幻想的书桌。

"一切都那么美好，叫人称心满意。待我们一睁开眼睛，很可能会大失所望，因为——很可能是梦境哦。"在归途中，普莉西拉说。

"放心吧！芭蒂小姐以及玛莉亚小姐绝对不可能是梦幻人物的。"安妮笑着说。

"她俩在遨游世界时，你能够想象她们仍然戴着那种帽子和披肩吗？"

"帽子和披肩嘛……在她俩遨游以前，当然会脱掉的。至于她俩手里编织的东西嘛，就算她俩到伦敦西敏寺的时候，很可能仍然拿在手中呢！安妮！我们将居住在芭蒂之家，而且又是在斯勒福德街哩！如今，我仿佛已经变成了大富豪！"

"我的心情恰如慈善表演的明星呢！"安妮说。

那一夜，菲儿悄悄地来到圣约翰街三十八号，一下子就把自己的身子掼在安妮的床上。

"天哪！我疲倦得几乎活不成了呢！到现在为止，我一直都在整理行李箱。"

"你之所以感到疲倦得要死，是因为你不知道应该先塞进什么东西，应该塞在哪儿吧？"普莉西拉笑着说。

"就是啊，我仿佛在倒垃圾，把所有的衣服都倒进行李箱。因为膨胀得很厉害，行李箱都关不上了，只好叫我寄住那一家的伯母跟女佣人坐在衣服上面，犹如在压榨菜！待好不容易能关闭，我想上锁时，才想起了参加学生会要穿的那件衣服也塞在里面！前后耗费了一个小时，我才把它整理出来……不过，我并没有使性子，说一些亵渎神灵的话呀！"

"我并没有这么说啊！"

"但是，你的脸上分明有那种表情呀！我的鼻子受了风寒，鼻腔不通畅，一直在打喷嚏，实在很痛苦呢！安妮皇后，你就说一些能够打气的话儿吧！"

"你不妨想想在这个星期一的夜晚，你就可以回到亚力克和亚兰索的身边吧！"

安妮如此说了以后，菲儿猛摇着头说："当我在受苦受难时，他俩对我半点用处都没有……咦？你俩怎么啦？满面光采，又是眉开眼笑的！到底发生了什么事嘛？"

"今年冬天，我们就要住进芭蒂之家了，"安妮得意非凡地报告说，"而且是要住进去，并非寄居呢！我们已经把整栋房子给租下来了。到时，史蒂拉·梅奈德也要来，她的姨妈还会来帮我们掌管务事呢！"

听了这句话，菲儿跳了起来，擦了鼻子，扑通一声跪在安妮面前说："哇！那太好啦！两位又年轻又漂亮的好姑娘，拜托！拜托！让我也住到那儿好吗？我会做一个听话的乖宝宝的！如果我没有房间的话，我会心甘情愿地在果树园的狗屋睡觉的。拜托！带我去好吗？"

"你快点起来啊，小傻瓜。"

"除非你俩答应让我住到芭蒂之家，否则的话，我绝对不起来。"

安妮跟普莉西拉面面相觑，接着安妮以沉重的口吻说："菲儿，事实上我俩也很喜欢跟你住在一起，可是普莉西拉、梅奈德跟我都是穷孩子。我们的生活必须很节俭，三餐方面也会力求简单。你是富家千金，受得了吗？"

"噢……原来是这样，你俩以为我是醉生梦死的人吗？"

菲儿以悲剧的口吻说："与其孤独地一个人吃着山珍海味，不如跟志同道合的好友在笑谈之中吃清淡蔬菜。你俩别以为我光靠胃而活着。只要你们让我住在芭蒂之家，就是三餐只有面包和白开水，我也会感到心满意足的——不过，还是沾一些果酱吧……"

"而且，我们每个人都必须分派工作。我们可不能叫梅奈德的阿姨做所有的家务啊！可是……你又不能——"

"唉……我不会做任何家务，连起码的女红也不会，"菲儿坦白地承认，"可是我可以学呀！只要你俩肯教我，我很快就会学会的——唉！这种地板实在是太硬了……"

"还有一件事情,"普莉西拉以毅然的口气说,"菲儿,在你那儿几乎是夜夜笙歌,每晚都有宾客光临。可是一旦住进芭蒂之家,我们决定只能在星期五晚上会见客人。如果你想跟我们居住在一起的话,一定要遵守这个原则。"

"那是最好不过啦!我不但不讨厌这个规则,还相当喜欢呢!我自己早就想要订立规则,可是,我实在懒得去拟订,而且也没有遵守的决心呢!既然你们要负起这方面的责任,那是再好不过的啦!如果你们不让我去的话,我一定会因为过度失望而死去。到时,我一定会变成厉鬼来纠缠你们。我的鬼魂会镇守在芭蒂之家的阶梯处,不把你们吓得屁滚尿流才怪呢!"

安妮和普莉西拉又面面相觑。

"可是,我们首先得跟梅奈德商量才能够答应你呀!"安妮说,"不过,梅奈德一向很好说话,她一定也会欢迎你的。"

"假如有一天,你耐不住我们单纯的生活,你随时可以离开,我们绝对不过问……"普莉西拉说。

菲儿雀跃了起来,发出欢叫声,紧紧地拥抱安妮和普莉西拉,然后欢天喜地地回去了。

"希望我们之间能够相处得很好……"普莉西拉认真地说。

第十一章

人生的转变

安妮争得了舒朋英国文学的奖学金，高高兴兴地回到了艾凡利。乍看之下，艾凡利并没有什么改变，不过直到安妮回家的第一个星期日，当她坐在教会规定的家族座席，举目向四周一望后，终于察觉到了几个小小的变化，使安妮深切地感觉到艾凡利也不能逃过时光的巨轮。

说教坛上面站着新牧师，在席间有很多张熟悉的面孔，永久地从那儿消失了。喜欢以预言家自居的艾普爷爷第一个走；一年到头都在长吁短叹、寻死觅活的彼德·史龙夫人，套用了一句林顿夫人的话——"整整二十年吵着非死不可，终于宿愿得偿，蒙主宠召"；帝摩西·考顿也走了。还有在归天以前，整齐地修了蓬乱的胡子，以致躺在棺木里以后，叫人认不出来的乔修亚·史龙老伯等。这些人都长眠于教会后面的小小坟场中。

还有……比利·安德鲁娶了妮蒂·普莉爱德。对这两口子来说，在那一个"初次亮相"的日子里，比利很骄傲地把穿着绸缎新嫁装的狮子鼻太太，引导至哈蒙·安德鲁家的座席。以安德鲁家来说，上至哈蒙夫人，下至合唱队的琴恩，每份子都在分享比利的喜悦和骄傲。琴恩已经辞去了艾凡利小学的教职，今年秋天就要动身到西部去。

"那也怨不得，因为在艾凡利这个地方，根本就没有男人追她嘛！真是的……"林顿夫人以充满轻蔑的语气说，"琴恩口口声声说，西部的空气对健康比较好，但是我十多年来却不曾听到琴恩身体不佳的事儿啊！"

"琴恩一向洁身自爱，"安妮为友人撑腰说，"她不像其他女孩子那样轻佻，一心只想引起男人的注意。"

"是啊，她是不曾去追过男人，这也就是你所说的不轻佻啰？不过她也未能免俗，还是很想结婚呀！如果不是那样的话，何以要千里迢迢地跑到男人占绝大多数的西部去呢？"

不过以那一天来说，安妮感到最惊骇的一件事，并非琴恩到西部的事，而是坐在合唱队的位置上，跟琴恩在一起的琪丽儿。她比以前更漂亮、更吸引人了，只是她那蓝色的眼睛，离了谱儿地闪闪发光，双颊浮现病态的红潮，而且又消瘦得可怕，拿着赞美歌本子的那只手，鸡爪子似的！

"琪丽儿生病了吗？"从教会回家的途中，安妮问林顿夫人。

"琪丽儿患了肺结核，可能不久于人世了……"林顿夫人直言不讳地说，"除了琪丽儿本人以及大伙儿都心照不宣外，只有她家里人死不承认。不信的话，你就问问他们！那一伙人总是说，这并非大不了的疾病，琪丽儿还不是好端端的吗？事实上，

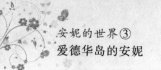
自从这个冬天咳出血以后，她再也无法执教鞭了。不过，她仍然扬言到了秋季，她还是要重新执起教鞭。琪丽儿很希望能够到白沙镇教书。实在很可怜，等到白沙镇的小学开学时，她很可能已经躺在坟墓里面了。"

安妮由于过度惊骇，一直哑然无语。万万料想不到，昔日学校的同学，在人生最绚烂的年纪就要枯萎了。这件事儿是真实的吗？近年来，安妮跟琪丽儿聚少离多，但是仍旧维持着亲密同学的关系。林顿夫人所说的话儿，拉紧了安妮的心弦，更使她深感到旧友的可贵。

琪丽儿一向那么爽朗、活泼，又俏丽，怎么突然跟死亡联系在一起了呢？这实在是叫人不敢相信。

做完礼拜后，琪丽儿既高兴又热烈地跟安妮打招呼，要安妮在第二天晚上去拜访她。

琪丽儿很得意地说："卡摩迪有一场音乐会，白沙镇也有派对。哈甫·史宾塞要带我去参加。哈甫是我最亲近的人呢！明天晚上你一定要来哦。我要跟你促膝长谈。我有一连串的话儿要对你说，而且我也想听听你在雷蒙学院的种种事情。"

安妮十分明白，琪丽儿又要说出有关"恋爱游戏"的辉煌成就，不过，她已经答应了琪丽儿明晚一定会去。黛安娜也表示要一块去。

"其实，很早以前我就想去探望琪丽儿呢！"第二天夜晚，两个少女从绿色屋顶之家出发时，黛安娜告诉安妮，"不过，我实在不敢单独前往。眼看着琪丽儿说出一连串的话儿，然后不断咳嗽，又表示自己并没有什么病痛时，我实在不忍心待下去。琪丽儿拼命与病魔抗争，但是看起来，似乎没啥指望……"

一对少女默不做声地走在红色薄暮下的街道上。知更鸟在高高的枝丫上歌唱，欢欣的叫声充满了金色的天空。透过种子，表现出生命跃动的田园，传来了银笛似的青蛙歌声。空气中弥漫着野草莓的香气。寂寞的洼地笼罩着白雾，小河旁闪动着珍珠似的星星光辉。

"安妮，好美的夕阳！"黛安娜感叹着，"那东西看起来犹如一个国度，那个细长而紫色的云朵仿佛是海岸，而那边澄清的天空，好像是金黄色的海洋……"

"那也就是保罗的月光船啊！黛安娜，你还记得吗？如果我俩能够划着它的桨儿，到达月球世界，那该是一件多么惬意的事情！"安妮从冥想中醒过来说，"黛安娜，在那个月球世界，一定留存着一大串我们的过去岁月……黛安娜。你认为那儿也有咱们昔日的春花和美梦吗？"

"你不要再说啦！"黛安娜嚷了起来，"听你的口气，仿佛我俩已经走到了人生尽头！"

"自从听到可怜的琪丽儿的事情以来，我就时常有着那种心态。你想想看！就连那么健康，一向蹦蹦跳跳的琪丽儿都会变成了垂死的美女，那还有什么事情不可能发生呢？"

"安妮，我们不要谈那些伤感的事啦！最近，你还有写故事吗？"

"提到写故事……黛安娜，"安妮仿佛在卖弄玄虚地说，"最近，我正在考验自己……那就是我一直在想——难道不能写出比较短的小说吗？我是指那种具有出版价值的小说。”

“哦！原来是这个……你当然能啊，”黛安娜说，“你还记得吗？在好多年以前，你主持故事俱乐部时，不就完成了好多篇精彩绝伦的小说吗？”

“我并不是指那种‘小儿科小说’，”安妮莞尔一笑，“我是指有资格登载在报纸或杂志上面的那类。不过，我仍然有点儿害怕，万一失败的话，我会感到没有面子呢！”

“普莉西拉不是说过了吗？就以大作家摩根夫人来说，刚开始撰写的作品，不是几乎都遭受到退稿的命运吗？不过现在的编辑，眼睛可能更为雪亮一些。所以我想，你不会受到那种待遇的。”

“在今年冬季，雷蒙学院有位三年级的女生写了一篇小说，投寄到《加拿大妇女之友》，而被刊登出来。我认为那种程度的文章，我也写得出来。”

“那么，你就要把那篇小说投到《加拿大妇女之友》去了？”

“我想投到更大的杂志，至于哪一家，那就要看我所写的小说的性质啰！”

“你要写一些什么呢？”

“我还拿不定主意呢！不过，我已经有了很好的构想，这种构想在编辑眼里，可能很新奇。而且，我已经决定好了女主角的芳名——亚毕丽。这个名字不是很美吗？黛安娜，你千万别告诉别人。关于这件事情，除了你跟哈里森先生，我不曾告诉任何人。只是，哈里森先生并不鼓励我写小说——他说，目前世上的低劣作品实在太多了，我既然上了一年的大学，就不应该想着写小说，应该做一个更为实际有用的人。"

"哈里森先生懂什么呢？"黛安娜以轻蔑的语气说。

两个少女抵达时，琪丽儿的家已经点燃了灯火，访问的客人有一大堆。哈甫·史宾塞和卡摩迪的摩根·贝尔，正在客厅里大眼瞪小眼。琪丽儿穿着纯白色的衣服，眼睛以及额头正在闪闪发光。她陪着几个清秀的少女又说又笑。待她们都告辞以后，她就带着安妮到楼上，瞧瞧她夏季的衣服。

"我有一块蓝色的绸缎衣料，不过缝成夏装未免太沉重了些，所以我准备把它留到秋天再缝。反正到了秋季，我就要到白沙镇执教。安妮，你认为我的帽子如何呢？昨天，你到教会戴的那顶帽子好别致。你看到楼下那两个宝贝没有？他俩一直在斗个没完呢！活该！就让他们斗个没完没了吧！反正，我一个也看不上！我的心里只有哈甫·史宾塞。去年圣诞节时，我原以为史宾塞维尔的校长才是我的心上人呢！天晓得，他的缺点比天上的繁星还多，我只好拒绝了他，想不到他几乎要发狂呢！今夜，如果没有那两个宝贝就好啦！因为我想跟你好好地谈谈。安妮，我俩一向都很要好，对不对？"

琪丽儿浅浅地一笑，她的手揽着安妮的纤腰。不过，当她俩的视线不期而遇时，安妮在琪丽儿爽朗的背后，发现了叫她感到心痛的东西。

"安妮，你可要时常来哦！"琪丽儿细声地嗫嚅着，"你就

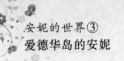

一个人来吧！我很需要你。"

"琪丽儿，你的身体还好吗？"

"我的身体？噢……我百分之百健康呢！我觉得自己从未如此健康过呢！这个冬天的咳血吓坏了我……不过，你可以仔细地瞧瞧，我像一个病人吗？"

琪丽儿的声音很尖锐。她仿佛发了怒一般，匆匆地从安妮的身上抽回了她的手，飞奔到楼下，就在那儿，跟两个角逐者打情骂俏。乍看之下，她仿佛对玩弄那两个宝贝很有兴趣。安妮和黛安娜有一种被冷落的感觉，于是匆匆地打道回府。

第十二章

"亚毕丽"胎死腹中

"安妮，你又在胡思乱想些什么呀？"

在一个黄昏，两个少女在妖精之泉处徜徉。羊齿草在风中不停地点头，小草儿又青翠又茂盛，野生的梨子包裹着一层白纱，发出了醉人的香气。

安妮似乎很幸福地吐了一口气，从冥想中醒过来，说："黛安娜，我想好了一个故事的梗概了！"

"哇！你真的动笔开始写啦？"黛安娜立刻表现出趣味无穷的样子。

"嗯……到目前为止，我只写了两三页，不过全部的构想已经固定了。为了构思一个梗概，我耗费了很大的心思。而且不管故事情节发展得如何，都很适合使用'亚毕丽'这个名字来称呼女主角。"

"你不能把那个名字改一改吗？"

"嗯……那是不可能的呀。恰如你不能把黛安娜这个名字改变一般，不管我把她改成什么名字，还是会不知不觉地以亚毕丽称呼她。而且，我已经想出了适合她名字的故事情节了。现在剩下来的工作，就是给故事里的全体人物取名字。这可是一件叫人感到兴奋的事情呢！为了替小说里面的人物取名字，我时常会在半夜三更醒过来呢！至于男主角的名字嘛……已经敲定为'达林布尔'。"

"故事里面的人物都取了名字啦！"黛安娜有一点惋惜地说道，"如果还没有取名字的话，那就让我为其中一个人物取名字吧！只要不是重要的人物就成啦！这样的话，我就会有一种参与故事创作的感觉。"

"那么你就为李斯达家雇用的小男孩取名字吧！"安妮表示让步，"他并非很重要的人物，而且，也只有他还没有取名字。"

"好吧！那么就称呼他为'费斯奥斯朋'吧！"黛安娜说。

在小学时代，安妮、琴恩、琪丽儿、黛安娜曾经组织过"编故事俱乐部"。正因为如此，黛安娜还记得很多故事里面的人名。

安妮毫不感动似的摇摇头说："那种典型的贵族名字根本就不适合贩夫走卒之辈。我实在不敢想象费斯奥斯朋在喂猪、捡柴薪，或者在街头叫卖膏药。你觉得呢？"

黛安娜无法同意安妮所提出的理由。再说，就算想象力再丰富，也不可能一而再再而三地想出不同的人名。黛安娜也认为安妮比较在行，以致那个小小的市井人物最后被命名为罗勃，必要时，将以罗比称呼他。

"安妮，这篇小说能获得多少稿酬呢？"黛安娜问。

其实，安妮压根儿不曾想到这个问题。她所要求的，只是名气而已，并非以获取金钱为目的。正因为如此，我们可以说，安妮的文学梦，还未受到金钱的污染。

"安妮，你能够先让我过目吗？"黛安娜如此要求。

"待我大功告成以后，我就先阅读给你跟哈里森先生听。到时，请多多指教。除了你们，在未被刊登以前，我绝对不让任何人看到。"

"最后的结局呢？是大团圆，抑或是棒打鸳鸯、各分西东？"

"关于结尾方面嘛……我还未做最后的决定哩！我希望结尾是悲剧性的。因为，那样更能打动读者的心弦呀！不过，现在的编辑似乎不喜欢悲剧性的结尾。我曾经听汉弥敦教授说，除非是文学方面的天才，否则的话，绝对不宜尝试悲剧性的结尾。然而，我根本就不沾天才的边啊！"安妮谦虚地下了结论。

"哦……我比较喜欢有情人终成眷属的大团圆。你就使亚毕丽跟男主角结成夫妇吧！"黛安娜自从跟弗雷德订婚以后，一直都希望故事里的男女主角有美好的结局。

"奇怪……我好像记得，你喜欢一边看着小说，一边哭泣呀！"

"的确如此！不过那只限于故事的中段。到了结尾时，我都希望有情人终成眷属。"

"不过，至少我也得插入一个悲剧的场面才行呀！"安妮想了一阵子说，"那么，我就使罗比遭遇灾难，以便描写出一幕死

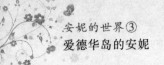

亡的场景吧？"

"噢，不要让罗比死嘛！"黛安娜笑着抗议，"罗比是我取的名字呀！你就让他好好活着吧！如果有必要的话，你就换其他的人物吧！"

在接下来的两个星期，安妮为了安排作品的进展，有时必须痛苦地挣扎，有时则表现出乐不可支的样子。有时为了反派的人物不曾妥当地被安排，以致陷入了绝望的谷底。

关于这几点，黛安娜根本就不会理解，她对安妮说："你就依照自己的想法，安排他们的作为啊！"

"可惜，我办不到呀！"安妮叹了一口气。

"亚毕丽是叫人头疼万分的女主角，她时常会做一些我不希望她做的事情，或者说一些她不该说的事儿。一旦到了这种地步，一切都会报废，我必须从头开始写。"

不过，作品仍然被完成了。安妮就在靠近大门口的小房间内，把整篇故事念给黛安娜听。在那一个"悲剧的场面"里面，罗比终于逃过了死的命运。因此，安妮一边阅读，一边注意黛安娜的表情。果然黛安娜很妥善地处理了这个场面——默默地哭了起来。不过到了最后，她表现出稍微失望的样子。

"安妮，你为何要安排莫利斯死掉呢？"黛安娜以责难的口气说。

"因为他是坏人呀！我非处罚他不可！"

"在这篇小说里面，我最喜欢莫利斯这个人。"不讲理的黛安娜如此主张。

"反正他就是死啦！他是非死不可的！"安妮有些不高兴地说，"如果让他活着，男女主角就有罪受了。"

"嗯……除非你安排他——改邪归正。"

"那样安排的话，就没有任何浪漫可言了。而且，故事将变得又臭又长。"

"嗯！的确是一部上乘而扣人心弦的作品。安妮，你一定会出名的！这一点绝对错不了啦！小说的名字取了没有？"

"嗯……早就取好了。就叫《亚毕丽的赎罪》。这个名字不是很响亮吗？黛安娜，你就坦白地说，我这篇故事有什么缺点呢？"

"这个嘛……"黛安娜考虑了一阵子才说，"跟其他的情节对照起来，亚毕丽烘烤饼干的场面，似乎没有什么浪漫的气氛可言，这是平常的女人都会碰到的事情。不知道是不是我的偏见？我总认为小说的女主角不宜动锅铲，从事厨房的工作！"

"不过，那一段正是幽默感十足的地方啊，也正是整篇故事中可看性最高的部分之一呢！"安妮如此说明，的确，她说得不无道理。

黛安娜相当聪明，她的批评只到此为止，但是哈里森就不同了。他一开始就指出——故事里的形容词实在太多啦。他说："你就完全省掉虚而不实的句子吧！"

对于哈里森近乎无情的说法，安妮的内心虽然感到不快，但是她仍然咬紧牙根取消了大部分的形容词。想不到，为了博得哈里森的欢心，安妮前后三次改了她的小说。

"我把形容词几乎全部删掉啦！不过，我仍然保留了描写黄昏日落景色的那一段。"最后，安妮说，"再怎么说，我也不能割舍那一部分呀！因为，它正是我感到最满意的。"

"但是，它跟整个故事的进展毫无关系啊！"哈里森说，"而且，你不宜老是描写都市富人的生活场面呀！对于那些人，你又了解多少呢？你为何不把那种场面移到艾凡利呢？当然，你必须变更人物的名字，否则的话，蕾洁·林顿会以为她是女主角呢！"

"噢……我不能那样做啊，虽然以全世界来说，我最喜欢艾凡利，可是它不够浪漫，不宜当成故事的舞台。"

"你这话就错啦！艾凡利有过很多浪漫的事情，悲剧也不少，"哈里森近乎冷酷地说，"你小说里的人物，没有一个像真实世界中的人物，个个都饶舌得吓人！而且喜欢说出夸大的词儿。就以达林布尔来说，他所说的话儿，竟然长达两页，以致他的女儿连插嘴的余地都没有呢！在现实生活里面，绝对不可能发生这种事情。如果真的有这种事情的话，达林布尔的女儿一定会掉头走开。"

"万万不可能！"安妮急忙表示反对。

她心里认为——无论是哪个少女，在达林布尔以诗一般的口吻对她说话时，她必定会感到飘飘然，从而被征服。

总而言之，哈里森一直在挑刺儿："我实在弄不清楚，莫利斯为何不曾赢得亚毕丽的青睐？事实上，莫利斯比达林布尔更具有男性魅力呢。的确，他是做尽了坏事，但那是万不得已时所采取的手段啊。至于达林布尔嘛……实在有点儿娘娘腔。"

天哪！怎么又是"娘娘腔"呢？这句形容词听在安妮耳朵里，比"掉头走开"更叫她感到不舒服。

"莫利斯是一个歹徒呀！"安妮愤然地说，"我实在弄不清楚，为何大多数人比较喜欢莫利斯？"

"那是因为达林布尔善良得出奇呀！简直叫人不敢苟同呢！下次再写小说的话，你就使男主角更像一个普通的人吧！"

"亚毕丽绝对不能嫁给莫利斯，因为他是坏人！"

"那么，你就使莫利斯改邪归正吧！你要知道，男人是可以改邪归正的。老实说，你的小说结构很不错，又富于趣味性。不过，你不宜写错综复杂的小说，要写好这类小说，起码还得等十年呢！"

听了哈里森的话，安妮下定决心，以后再写小说的话，再也不叫任何人点评了，因为叫人失望的成分，远胜于鼓舞的作用。安妮虽然也对吉鲁伯特提起写小说的事情，但是她并没有阅读给他听。

"吉鲁伯特，只要小说被采用，登在杂志上时，你就可以看到了。至于失败嘛……根本就没有人能够看到啦！"

有一天，安妮拿着一个细长而厚重的信封到邮局。由于年轻缺乏经验，加上乐天派的自信，安妮把它投到了所谓大杂志社中最大的一家。

黛安娜的兴奋也绝对不输给安妮："到底要经过几天，才能够得到消息呀？"黛安娜急着问。

"我想——再久也不会超过两个星期吧！如果被他们采用的

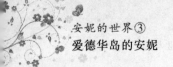

话，我将又高兴又得意！"

"毫无疑问，他们一定会采用你的作品，而且一定还会要求你多写一点呢！有朝一日，你一定会变成像摩根夫人般的名作家。到那时，我将以认识你为荣。"

黛安娜有一种很难得的优点，那就是她会忘记了自己，一心一意去赞扬朋友的长处。

接下来的一个星期，在好梦之后，旋即就到了可怕的梦醒时间，在某一个黄昏，黛安娜在绿色屋顶之家的楼上房间，发现安妮的眼睛有哭过的痕迹。桌上放着一个长长的信封，以及被捏得乱糟糟的稿件。

"安妮，是不是你的小说被退回来啦？"黛安娜几乎不敢相信自己的眼睛，以致大声嚷叫起来。

"嗯……它被退回来啦！"安妮以沮丧的口气说。

"如此说来，那个编辑的头脑一定有问题，到底是什么理由呀？"

"根本就没说理由。只是附了一张印刷的纸张，上面有'此作品不予采用'几个字。"

"不瞒你说，到现在为止，我始终不曾看重那本杂志，"黛安娜以激动的口吻说，"那本杂志所刊载的作品……其趣味性和吸引人的程度，不及《加拿大妇女之友》的一半呢！虽然它的知名度比其他的杂志高出很多，但是那些编辑都有着根深蒂固的偏见，认为只有美国的作品才值得刊登。安妮，你不要太失望。你想想，摩根夫人早期的作品几乎也都遭受到退稿咧！你不妨把它投给《加拿大妇女之友》吧！"

"好吧！我就姑且试试看！"安妮鼓起了勇气说，"万一被刊登出来的话，我就送一本给那个美国编辑。不过，形容日落的一大堆形容词非删掉不可了！或许哈里森先生说得很对。"

安妮把形容日落的一大堆形容词删了，再寄给《加拿大妇女之友》，万万没想到，该杂志的编辑竟然也退了安妮的稿。由于退稿实在快得离谱，黛安娜愤慨地说，那个编辑压根儿就不曾看过安妮的稿件。愤恨难消的黛安娜，声明她再也不订《加拿大妇女之友》。由于绝望过度，对于第二次的退稿，安妮反而能够以平静的态度接受。她连同往昔"编故事俱乐部"的稿子，把被退回的稿子一起收进阁楼的一只皮箱里面，再慎重地上了锁。不过在收起它以前，应着黛安娜的要求，抄了一份给她。

"我在文学方面的雄心，就到此为止。"安妮有一点自嘲地说。

安妮不曾把这件事情对哈里森先生提起，不过在某个夜晚，他突然问安妮，那篇小说被刊登了没有。

"它已经被退回来了！"安妮简单地回答。

哈里森的面孔不自觉地涨红。他偷偷地瞄了一眼安妮，说："那也无所谓啦！如果是我的话，将继续写下去。"

"不了！我才不要再写什么小说啦！"毕竟只有十九岁，安妮以万事皆休的感觉说出了这句话。

"如果是我的话，绝对不会轻易放弃，"哈里森若有所思地说，"我会再接再厉地写下去。而且，一旦把稿件寄出去，我就不会产生那种患得患失的心理。而且，我会以自己知道的人物和地方为题材。至于小说里的人物嘛……我会叫他们以日常的言语交谈。就以太阳来说，我也不会对它过度的情绪化，就让它以平常的方式升起和下沉。对于一向顽冥不灵的坏人，如果有必要的话，我会叫他改头换面。安妮，得饶人处且饶人，世上固然有令人发指的恶徒，然而那种大恶的人毕竟不多——套用一句林顿夫人的话，咱们几乎都可称之为坏人呢！不过大部分人，都具有温暖的人情味。安妮，我希望你继续写下去！"

"不要了，我再也不想写啦！我实在太无聊了，竟然在那方面耗费时间！将来一旦从雷蒙学院毕业，我就要专心去教书，再也不写什么小说了。"

"从雷蒙学院毕业以后，你最好赶紧抓一个男人当老公。把婚事拖延得太晚实在不好——就像我这样。"

安妮猛然站了起来，昂首挺胸地走向绿色屋顶之家。哈里森这个人哪！偶尔会叫人受不了。就以这阵子来说，一下子是什么"娘娘腔"，一下子又是什么"抓一个老公"的……唉！叫人受不了啦！

第十三章

走错路的人

德威跟多拉准备去教会。今天，只有他俩去。像这样的事情，从未发生过。以往，都是林顿伯母陪他俩上教会。

这一次，林顿伯母的脚踝挫伤，走起路来一跛一拐的，无法出远门。在这种情形之下，这对双胞胎只好代表家族出席教会。安妮为了到卡摩迪友人那儿共度星期天，星期六晚上就出门了，玛莉娜的老毛病头痛又发作了，根本就不能带双胞胎去教会。

德威慢条斯理地走下阶梯。多拉在经过林顿伯母帮忙以后，在走廊上等着德威。德威在没有任何人帮忙的情况下，自己穿戴好，他的口袋里放着捐给主日学校的一分钱，以及捐给教会的五分钱。他一手拿着《圣经》，另外一只手拿着主日学校的教科书。关于安息日的课程、圣句、教义问答方面，他都牢牢地记在脑海里面。

上个星期日的下午，在林顿伯母的厨房里面，德威被强迫

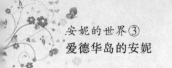
记牢那些东西。照理说，已经记牢那些东西，内心就不必感到慌张，但是德威的内心却仿佛一头饥饿的野狼，不安极了。

德威走到多拉那儿时，林顿伯母一跛一拐地走了过来。

"你弄干净了吗？"林顿伯母以严肃的口吻对德威说。

"嗯——你看看嘛！"德威仿佛在说好啰唆，用一双眼睛盯着林顿伯母。

林顿伯母叹了一口气。她认为德威的头上和耳朵后面有问题。然而，她想检查身体的话，德威一定会逃之夭夭。偏偏林顿伯母又拐着一只脚，就是想追也追不到他。

"好吧！你俩要乖，要听话。不要在灰尘里面走路。不要站在教会的大门口跟别的孩子交谈。一旦坐下来，就不要乱动，更不要忘记圣句。千万别忘了把捐款放入捐款箱里面，祷告时不能窃窃私语。要用心地听取牧师所说的话。"

德威一副爱理不理的样子，一步一步地走着小径远去。温柔的多拉跟在德威的后面。

德威的内心压着一块大石头。自从林顿伯母搬来绿色屋顶之家以后，他简直没有一天好日子过，林顿伯母的双手和一根舌头把他弄得焦头烂额。林顿伯母对于跟她居住在一起的人，不管是九岁的孩子，或者是九十岁的老人，都想把他们改造为她自己喜欢的典型人物，否则的话，她将不能安稳地生活。

昨天下午，德威准备跟考顿先生的孩子们一块儿去钓鱼时，林顿伯母就当面说了德威几句，结果玛莉娜就不准德威去钓鱼了。为了这件事情，德威心里仍然有些不服气呢！

走到自家小径尽头的德威停住了脚步，对多拉摆出了一张臭脸。多拉虽然知道那是德威的特技，但是她有点儿担心，被德威扭曲的一张面孔，是否会恢复到原来的样子？

"好管闲事的老太婆，你去吃狗屎吧！"德威满腔的愤怒爆炸开来。

"啊！德威，你不要诅咒人家嘛！"多拉吓了一跳，说道。

"'吃狗屎'三个字算什么诅咒？就算是诅咒又怎样？"德威毫不在意地说。

"就算你非要使用那些字眼，也别在星期天。"多拉恳求道。

德威虽然还没有到后悔的地步，但是内心认为的确过分了些。

"好吧！我要发明自己的诅咒语言。"

"你那样做的话，神一定会处罚你的。"

"如果那样的话，神也是不讲理的，神难道不晓得我也需要发泄一下吗？"

"德威！你！"多拉对德威喝了一声。她以为神处罚德威的话，他当场就会死亡，然而，德威并没有发生任何事情。

"总而言之，不能叫林顿那婆子再凶狠下去啦！"德威生气地说，"安妮姐姐和玛莉娜阿姨对我凶，还说得过去，但是林顿那婆子凭什么对我逞威风呢？你等着瞧吧！那个老婆子叫我不要做的事情，我偏要做给她看！"

在一片不祥的静谧中，多拉站立在那儿看着德威。德威从路旁的青草地上走到道路上。如此一来，由于久旱不雨而形成

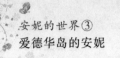

的尘土就蒙到德威的脚上。

"这只是开始而已，"德威很得意地叫起来，"我走到教会门口时，只要碰到人，我就要跟他交谈。坐下来时，我要不停地蠕动身体，跟隔座的人窃窃私语。牧师问我圣句时，我会回答不知道。关于捐献的钱，我现在就把它们扔掉！"说罢，德威把两个铜币抛入巴力先生的围栅，再笑了起来。

"一定是恶魔叫你这样做的！"多拉叫道。

"不是恶魔叫我这样做的，"德威愤然地说，"那是我自己想出来的！而且，我又想出了一个绝招。我不想上教会了，我要跟考顿的孩子们去玩。他们的母亲不在家。昨天他们就悄悄地告诉我说，今天不准备上教会了。多拉，你就跟我去玩个痛快吧！"

"我才不想去呢！"

"你非去不可！如果你不跟我走的话，我要告诉玛莉娜法兰克在学校吻你的那件事！"

"我也没有办法呀！谁知道他会做那种事情呢？"多拉满面泛红地叫了起来。

"可是，你并没有给他一记耳光啊。你甚至不曾摆出臭脸给他瞧！如果你不跟我来的话，我连那件事情也告诉玛莉娜。好吧！我们就从茶园子这边走过去。"

"可我怕那头牛！"多拉一直想找出逃避的借口。

"你怕它干吗？它的年纪比你小啊！"

"可是，它的身体比我大很多！"

"不会有事的。你过来呀！我长大以后才不上教会呢！因为不必借教会之力，我也可以上天堂呀！"

多拉只好违反自己的意志跟德威走，但她又说了一句话："德威，你不守安息日的话，会下地狱的！"

可是，德威一点也不在乎。因为对他来说，下地狱是很久以后的事情，而眼前他可以跟考顿的孩子们开心地去玩耍。德威真希望多拉调皮一些，但是多拉几乎就要哭起来了，她一直往后面看。

在后院玩耍的考顿家的孩子们，看到德威出现时发出了欢叫声。家里只有四个孩子——彼德、汤米、阿道弗斯以及米拉贝儿。他们的母亲和姐姐们不在家。

看到米拉贝儿时，多拉稍微放心了些。因为，她一直在担心她必须混在一群男孩子里面玩耍呢！不过，米拉贝儿跟男孩的顽皮不相上下，喜欢到处惹事生非，晒得满脸黝黑，所幸，她还是穿着女孩子的衣服。

"我想去钓鱼才来这儿的。"德威说。

"哇！"考顿的孩子们欢叫了起来，忙着去挖蚯蚓。米拉贝儿走在最前面，手里拿着一个马口铁的罐子，多拉真想当场坐下来哭泣。啊……如果那个该死的法兰克不曾吻她就好啦！那样多拉就可以无视德威的威胁，到她最憧憬的主日学校去。

当然啦，他们是不可能到池塘钓鱼的，因为到教会做礼拜的人会看到他们。所以，他们只能够到考顿家屋后的那条小河钓鱼。其实，那儿有很多鳟鱼，那些孩子们——至少考顿的孩子们在上午玩得不亦乐乎。德威脱下了长统靴和袜子，穿上汤米借给他的涉水鞋。如此一来，德威就如虎添翼一般，不管是沼泽、湿地还是草丛，都可以畅行无阻。

在这群寻乐的孩子中，最为可怜的莫过于多拉。她紧紧抓住《圣经》以及教科书，这个时刻，她本来应该坐在教室里面，听着主日学校老师的讲解，想不到，如今她却如傀儡一般任人摆布，跟德威等一伙人从这个钓场到另外一个钓场。

可怜的多拉小心翼翼地跟着野蛮人似的考顿儿女以及叛逆的德威，在森林里面钻来钻去。尽管她很担心弄脏自己的长统靴，或钩破白色的衣服。米拉贝儿看到了这种情形，表示愿意拿件围裙借给多拉，但是，多拉立刻以不屑的口吻回绝。

在这个地方，没有在安息日钓鱼的异端者，因此鳟鱼很容易上钩。这一群无法无天的孩子，整整垂钓了一个小时，接着兴高采烈地赶回考顿家。看到这种情形，多拉舒了一口气。

当一群野孩子在玩捉迷藏时，多拉一个人坐在鸡笼子旁边。孩子们玩了捉迷藏，又爬到猪舍的上面，在屋脊上刻上他们名字的第一个字母。德威看到鸡舍平坦的屋顶，以及下面的一块干草时，又想到了一种玩意儿。他们爬到鸡舍的屋顶上面，一面发出欢叫声，一面跳到干草上面，度过了愉快的半个小时。

但是，终于池塘那边传来了马车的声音。原来，大伙儿从教会回来啦！德威也认为自己该回去了，于是脱下涉水鞋，穿上了自己的衣服，尽量不去看那一串鳟鱼，因为他不能把鳟鱼带回去。

"喂！你玩得开心吗？"德威在走下原野时，如此问多拉。

"才不开心呢！"多拉板着面孔说，"我相信你德威也不会开心到哪儿去！"很明显的，多拉充满了怨气。

"我觉得很好玩，"德威说这话时，声音也没有平时的开朗了，"你当然会感到索然无味，因为，你是被我拖下水的呀！"

"我才不要结交考顿家的孩子呢！"多拉以不屑的口吻说。

"考顿家的孩子有什么不好？他们的生活比我们更快乐、更自由呢！考顿一定做着他们喜欢的事情，说着他们想说的话，以后，我也要向他们看齐。"

"很多话不能在大庭广众之下说呢！"多拉以教训的口气说。

"胡说！哪有什么话不能说的！"德威反驳。

"就是有！你能在牧师面前说雄猫这句话吗？"

的确，这是一大难题！不过在多拉的面前，他不想认输。

"当然不能那样说，"德威不情愿地承认，"雄猫并非很神圣的字眼。我在牧师面前绝对不提动物的一切。"

"但是，逢到你非说不可的场合呢？"多拉死追不放。

"我会叫它汤马斯猫。"

"我认为称呼它绅士猫最合乎礼节。"多拉不以为然地回答。

现在的德威感到有些窝气。如果让他同意多拉的说法，他宁愿死去。在那种钓鳟鱼的热度消退了以后，德威的良心开始不安起来。现在，他也认为或许到教会主日学校比较好些。虽然林顿伯母作威作福，但是她的厨房搁板上放着一个饼干盒子，一年到头都有饼干可吃，而且林顿伯母一点也不吝啬。

德威又突然想到了一件事。上个星期他刮破了上学穿的裤子时，林顿伯母把它缝补得"天衣无缝"，连玛莉娜都看不出来呢！而且，她也始终不曾对玛莉娜说过。

想不到，德威的恶劣行为还没有停止。他为了隐藏一项罪行，只好再犯一次错误。

那天，德威跟林顿伯母吃午饭时。林顿伯母问道："今天，每个人都出席了主日学校吗？"

"嗯……每个人都出席了！对了，有一个人没来。"

"你流利地说出圣句教理问答了吗？"

"嗯……"

"你把金钱放进捐款箱了吗？"

"嗯……"

"麦尔坎·玛克法森伯母到教会去了吗？"

"我不晓得呀！"正处于苦境的德威，说了一句真心话。

"妇人会下周的行事发布了没？"

"嗯……"德威在发抖。

"举行祷告会了吗？"

"我……我不晓得——"

"你怎么会不晓得呢？至少，你得小心地听公布呀！哈维先生今天引用了《圣经》的哪一段呢？"

德威喝了一口水，同时也喝下了良心最后的抗议，然后很流畅地背出了几个星期前学过的圣句，所幸，林顿伯母再也没有追问下去。德威则犹如嚼着沙粒一般，吃下了一顿午饭和一

盘布丁。

"你到底怎么啦？"林顿伯母有些惊讶地说，"德威，你哪儿不舒服啦？"

"没……没什么。"德威细声回答。

"你的脸色很不好。今天最好别出去晒太阳。"

吃过了午饭，待林顿伯母走出去时，多拉以责备的口吻对德威说："你总共对林顿伯母撒了多少次谎呢？"

恼羞成怒的德威咆哮了起来："我才不管那么多！多拉，你闭上臭嘴！"

可怜的德威躲在柴堆的阴暗处，想着他应该如何收拾残局。

安妮回来时，绿色屋顶之家一片漆黑，而且静谧异常。安妮非常疲倦，又很困，所以一回来就进了卧房。由于上个星期艾凡利的热闹集会太多，每天都很晚睡觉，安妮的头一靠到枕头上，就蒙眬地进入梦境。就在这时有人打开房门，叫了一声："安妮姐姐。"

安妮困倦地起身。

"咦？是德威呀！有什么事儿吗？"

一道白色睡袍的影子，走了进来。

"安妮姐姐！"德威把他的手伸到安妮的头上，啜泣道，"我很高兴安妮姐回来。我不把心里话说出来的话，一定会睡不着觉的。"

"你要说什么呢？"

"我要说出一件让人感到难过的事情。"

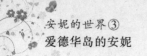

"小鬼，你到底在难过些什么呀？"

"安妮姐，今天一整天，我都是一个名副其实的坏孩子！安妮姐姐，我坏得太离谱啦！比以前更坏呢！"

"你到底干了些什么事情呢？"

"啊……我真不敢说出来呢！一旦说了出来，我相信安妮姐姐一定会讨厌我的！今晚，我根本就不敢祷告。我不敢把自己所做的事情告诉神。因为神知道了以后，我会死的！"

"德威！你不说出来神也知道啊！"

"多拉也那么说。可是在那时，我认为神并不知道。不管如何，我现在就要对你坦白。"

"你做了一些什么坏事呢？"

"今天我并没有上主日学校！我跟考顿家的孩子们去垂钓——而且，我对林顿伯母撒了大谎——啊！我说了六次——谎话。而且……我又说了遭到天谴的话——我咒骂了神呢！"

接下来是一片静谧。德威开始慌张起来。安妮姐姐会不会过度失望，再也不理他呢？

"安妮姐姐，你们要如何处置我呢？"德威嗫嚅着说。

"我们不会对你怎样。小鬼！你已经受到惩罚了！"

"你做了坏事后，是否一直感到难过？"

"是啊！"德威强调道。

"那就是你的良心在处罚你。"

"安妮姐姐，什么是我的良心呢？"

"良心就在你心里面。一旦你做了见不得人的事儿，良心就

会叫你感到痛苦难过。"

"唔……可是我不知道它到底是什么东西，如果没有良心那玩意儿就好啦！安妮姐姐，我的良心是不是在我的肚子里面？"

"不是啦！它在你的心里面。"安妮如此说时，很庆幸自己就在一片黑暗中，叫德威看不清她的脸。因为说这句话时，必须保持威严。

"那么，我是无法把良心除掉啰？"德威叹了一口气说，"安妮姐姐，你会不会把今天我所做的事情，告诉玛莉娜阿姨或林顿伯母呢？"

"我不会对任何人提起。你不是已经开始后悔了吗？"

"是啊！"

"你再也不会做坏事了吧？"

"嗯，不过，"德威小心翼翼地说，"我恐怕会做另外的坏事情。"

"可是，你不会再说出下流的话，不会不到主日学校去，不会为了掩盖自己的罪行说谎了吧？"

"嗯……我不会啦！"

"那么，你就乞求神的原谅吧！"

"安妮姐姐，你会原谅我吗？"

"小鬼，我当然会原谅你。"

"这样的话，我就不在乎神原不原谅我啦！"

"德威！"

"好吧！我就对神说。"德威慌张地说。他从安妮的口吻中察觉到自己似乎干了某种叫人战栗的事情，以致从安妮的床上滑下来："我不会拒绝乞求神的原谅。安妮姐姐——万能的神，今天我干了非常坏的事情，希望你原谅我。以后，到了主日学校，我会做一个乖孩子！安妮姐姐，我已经说过了。"

"好吧！以后就做一个好孩子吧。去睡觉吧！"

"嗯……那种难受的感觉已经消失啦！我觉得舒服多了。安妮姐姐，晚安。"

"晚安。"

安妮躺了下来。她实在很困！啊！想不到，德威又来了。

"安妮姐姐！"

安妮睁开了眼睛问："德威，又怎么啦？"

"安妮姐姐，你注意过哈里森先生吐口水的方式吗？只要我认真地学习，你认为我能够像他那样吐口水吗？"

安妮索性爬了起来。

"德威·基思！你快点回去睡觉，今晚，再也不要溜出睡床啦！快回去吧！"

德威灰溜溜地走了——他不敢违背安妮的命令。

第十四章

逝去的好友

　　那个夏季，安妮频频到琪丽儿家里陪伴病重的好友。暖和而淡雾弥漫的夏日午后，到处是盛开的花儿，暮霭笼罩着静谧的山谷，森林的小径上投下了不少斑驳的树影，原野间点缀着紫色的夏菊。

　　为了陪琪丽儿度过几个夜晚，安妮取消了在月光下驾马车到白沙海岸的计划。

　　随着夏末秋初脚步的逼近，琪丽儿的面容越来越苍白，使她不得不放弃到白沙小学教书的计划。

　　她说："我父亲说一直到新年来临以前，不宜去学校教书。"

　　就连琪丽儿一向最喜欢的刺绣，如今也让她感到吃力，以致时常被搁置在一旁。虽然到了这种地步，琪丽儿仍旧爽朗而充满了希望，滔滔不绝地诉说追求她的男人，以及他们之间的竞争、绝望。

　　安妮最感到难以忍受的，就是这点。以前她只是感到无聊

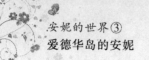

以及好笑，如今却有一种不祥的预感。因为——从琪丽儿任性的假面具下面，已经隐隐约约显露出了死亡的气息。

尽管如此，琪丽儿仍旧依赖着安妮的相伴。

眼看安妮时常去陪伴琪丽儿，林顿夫人一直有怨言，说是安妮很可能会被传染肺病。就连玛莉娜也感到忐忑不安。

"每次你去看琪丽儿以后，总是无精打采地回家。"玛莉娜关切地说。

"那是因为我感到很悲伤……"安妮以低沉的声音说，"看起来，琪丽儿仿佛不晓得自己的症状很严重。一方面又叫人感觉到她的内心好像在求救——我很想帮助她，却又无能为力！在跟她相处的那段时间里，我一直凝视着琪丽儿以微弱的力量跟病魔搏斗。正因为如此，我才会感到疲倦呀！"

不过今晚，安妮并没有这种感觉。琪丽儿显得异常安静。她完全不提及派对、驾马车、衣服，以及追求她的男人的事，只把她再也不能完成的刺绣放在一旁，用一条白色的披巾，披在自己瘦削的肩膀上，躺在吊床里面。长长的金黄色头发——往昔在念小学时，安妮最羡慕的头发——正垂在琪丽儿的肩膀。所有的发夹都被拿走了——琪丽儿说发夹使她的头部感到疼痛。今夜，她面颊上病态的红潮已经消失，整张面孔变得苍白，乍看起来，很像一个小孩子。

月儿已经爬上了银色的天空，把它周围的云朵照成珍珠色，池塘下浴着朦胧的光辉，闪现出一种黯淡的余光。琪丽儿家的对面有一个教堂，它的旁边有一座坟墓。月光照耀在白色的墓

碑上，在一大片黑压压的树木衬托之下，更显得凸出。

"在月光照耀之下，坟场给人的感觉跟平常迥异，"琪丽儿说，"看起来叫人不寒而栗！"琪丽儿的身子颤抖了一下，"安妮，不久以后，我就要到那边去啦……你跟黛安娜等人都充满生气地活着——我却要被埋进那个古老的坟场呢！"

因为过度震惊，安妮瞠目结舌，一时语塞。

"安妮，你知道会演变到这种结局，对吧？"琪丽儿问。

"嗯……我知道……"安妮以低沉的声音说。

"其实，每个人都知道呢！"琪丽儿痛苦地说，"我当然也知道——整个夏季我都在奋斗，我绝对不举白旗……可是……可是……啊！安妮……"琪丽儿伸出她的手恳求似的抓起了安妮的手，"安妮，我不想死，我很怕死呢！"

"琪丽儿，你为什么会害怕呢？"安妮平静地问。

"安妮……我并非害怕到天堂……只是……我感到那儿跟这儿完全不同，一想到那里，我就非常害怕——而且，一旦到了那儿，我必定会非常想家——当然，《圣经》也记载着天堂是非常美丽的地方——可是，安妮，你想想！天堂并非咱们住惯的地方啊！"

听到琪丽儿这么说，安妮突然想起了菲儿所说的一则笑话。在那则笑话里，一个老人对天堂的想法跟琪丽儿的一模一样。当时，安妮跟普莉西拉因为感到滑稽而笑出了眼泪。但是相同的话出自琪丽儿苍白的嘴唇，却毫无幽默可言，反而叫人感到无限悲伤！

以琪丽儿至今为止的肤浅生活、追求热闹的生活态度，以及短浅的目标和希望来说，根本就没有心理准备来面对如此巨大的变化。所谓的"来世"，跟她似乎没有任何关联。充其量只是非现实，叫人感到厌恶的东西。

"琪丽儿，我认为大多数人，对于天堂都有着一种错误的想法。我个人认为——来世的生活跟这一世的生活并没有很大的差异。到了所谓的来世，我们仍然会继续现在的生活方式，而且每个人仍然是这一世的我，绝对不会变成别人——不过，如果行为端正——想实现最高理想的话，将比这一世容易得多。因为所有的障碍将悉数被消除，我们就能够一眼看穿所有的东西。琪丽儿，你不要想太多了！"

"我怎能不害怕呢！"琪丽儿畏畏缩缩地说，"就算你所说的天堂情形完全正确——我想你也不可能百分之百地肯定——然而，它也很可能是你的幻想罢了——不可能跟你说的完全一样。我一直生活在这儿。我如此年轻。安妮，我还不曾享受过自己的人生呢！我很想继续活下去，所以一直在奋斗——谁知，我斗不过病魔——但是，我仍然不想死，我不甘心撇下一切重要的东西，进入另外一个世界。"

安妮痛苦地坐着。她实在不想说些谎话来抚慰病人，而且琪丽儿所说的话，每一句都是惊人的事实。只是琪丽儿忽略了一件很伟大的事情。那就是——所谓的死亡，只不过是在两个不同的世界，也就是来回地奔跑在联系两个世界的桥梁上面，从一个家迁移到另一个家。安妮相信到了那个世界，神就会引导琪丽儿走上轨道——不过在这个世界期间，她当然会牢牢地拥抱着自己所爱的东西不肯放手。

琪丽儿抬起了一只手臂，用她那双蓝色而闪闪发亮的眼睛，盯着充满银月光辉的夜空。

"我很想跟其他人一般，继续活下去。我也很想结婚生子。安妮，你也知道我非常喜欢婴儿呢！关于这件事情，除了你，我不便对任何人说。唉……哈甫实在太可怜啦，他那么钟爱我，我也非常爱他。如果我能够活着的话，一定会嫁给他，过上让别人羡慕的生活，唉……我好不甘心！"

说到这，琪丽儿又躺在枕头上面，悲悲切切地啜泣起来。安妮不知怎么办才好，只能怀抱着诚挚的同情心，紧紧握着琪丽儿的手。或许，这种无言的同情，比起虚假的言词更能够安慰琪丽儿吧。旋即她就停止了啜泣。

"安妮，"琪丽儿平静地说，"向你倾诉后，我的内心感到舒畅多啦！在大白天，因为我的周围有不少人，我一向比较开朗，自然就不会想到这些事情。不过，一到难以成眠的夜晚，实在非常恐怖。安妮，在这种时候我实在无计可施呢！死神一直在黑暗中凝视我，叫我浑身起鸡皮疙瘩。有时实在太骇人，我几乎要尖叫起来呢！"

"琪丽儿，你就放轻松些，不要再害怕了。你不妨鼓起勇气，顺其自然吧。"

"我会好好思考你所说的事情，并且努力去相信它。安妮，你常来陪我吧……"

"嗯……我会常来陪你的，琪丽儿。"

"我的日子不多了。我只期盼你能常来陪我。别的人我就不敢奢望了。在一群同学校的少女中，我喜爱你胜过任何人。有不少同辈的女孩子，喜欢钩心斗角、嫉妒别人，可是，你从来就不曾这样。

"爱姆·怀特昨天来看我了呢！过去我跟他非常的要好，想必你还记得吧？想不到，自从学校召开音乐会，我俩吵了一架以后，就形同陌路了。想起来也够好笑的……安妮，误解这两个字不知害了多少人呢……"

"我一直认为——人生的烦恼是误解所引起的。啊！很晚了，我得回去啦！琪丽儿，夜深啦，露水太重，你就进屋去吧！"

"你过两天还要来哦！"

"会的，我一定会来，只要对你有帮助，我什么事情都肯做。"

"谢谢你，你已经帮了我很多忙，现在，我再也不害怕了。安妮，你好好休息吧！"

"琪丽儿，你更要好好休息。"

安妮浴着月光，缓慢地踏上归程。就以那晚为分界，安妮觉得自己有了某种变化。她对人生有了不同的看法，同时，也对它抱有更深沉的目的。从表面上看来，跟从前似乎没有什么两样，事实上，在她内心深处已经开始动摇。她认为自己绝对不能跟琪丽儿一样，在到达一个生涯的终端，必须面对另外一个世界时，才感觉到慌张和退缩；更不能因为面对着与自己平生的思想、观念，以及抱负不同之物，而感到战栗和恐惧。正

第十四章
逝去的好友

因为如此，对于没有价值的东西，绝对不能把它当成一生的目标。在平时，就必须求取最高的原则，以便毕生遵守着它。天上的生活，非得从这个世界开始不可。

没想到，那夜安妮跟琪丽儿的交谈，竟然变成了永久的回忆，安妮再也见不到活着的琪丽儿了。第二天晚上，艾凡利改善会的人员为即将前往西部的琴恩举行了送行会。在她们轻快地踏着舞步、轻谈欢笑、大摆龙门阵时，艾凡利的一缕芳魂已经远飘天堂。

一大清早，琪丽儿香消玉殒的消息已经传遍了艾凡利的每个角落。琪丽儿在睡眠中，毫无苦痛地，面带着微笑死去了。结果呢？死亡看起来并不像琪丽儿所想的那样恐怖，仿佛是位亲切的朋友造访了她，并且牵着她的手远去。

在举行葬礼以后，林顿夫人强调说，她从未看到像琪丽儿一般标致的尸体。穿着白色的衣服，躺在由安妮放满鲜花的棺木中的琪丽儿，因为实在漂亮，事隔数年后，仍然留存于人们的印象里面，被娓娓谈论着。

琪丽儿本来就长得很漂亮。不过，她的美属于俗世，仿佛带着一股傲慢之气，欲使看到她的人感到耀眼，完全没有精神方面的灿烂光辉，更谈不上理智方面的沉练。想不到在死亡以后，却显露出了精神上优雅的轮廓和清纯。安妮以模糊的泪眼，凝视着幼年朋友的面孔，觉得神可能一直希望——琪丽儿的美达到这个境界似的。

送葬的行列出发以后，琪丽儿的母亲把安妮带入无人的房

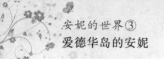

间里面，交给她一小包东西，啜泣着对安妮说："琪丽儿交代我把这东西交给你……这是她还不曾完成的刺绣——在过世的那天下午，她最后一次插进绣针，从此就不曾去动它了。"

"不管到何时，都有所谓未完成的工作呢……"林顿夫人噙着泪水说，"虽然如此，仍旧有最后完成它的人。"

"从孩童时代认识的朋友就这样死了，我实在不敢想象这件事情是真的，"安妮说，"我们学校的同学中，琪丽儿最先走了。早晚，我们都将一个一个地离开人世，追随他们而去。"

"是啊，人生本来就是这样。"黛安娜以不安的声调说。她实在不想说诸如此类的话。她比较喜欢谈及葬礼时的种种事宜——例如：琪丽儿的父亲十分用心，为女儿购买了铺上了白色天鹅绒的棺木，以及琪丽儿的家人在举行葬礼时，还要讲究奢华等。

还有林顿夫人所说的话儿——哈甫·史宾赛悲伤的面孔，琪丽儿的一个姐妹近乎歇斯底里的悲叹等，都是黛安娜所乐于谈论的话题——然而，安妮对于那些事儿只字不提，一直沉湎于思索的国度。黛安娜因为感到自己不能沉湎于安妮一般的思索，以致很难抹去心头的寂寞。

"琪丽儿小姐很会笑，"德威突然说，"她到了天堂以后，仍然会那么笑吗？安妮姐姐，我好想知道呢！"

"嗯……她还是会那样笑的。"安妮以感性的口吻回答。

"安妮，你实在是……"黛安娜面带着微笑，轻责着安妮。

"咦？有什么不妥吗，黛安娜？"安妮认真地问，"咱们到

了天堂，就不会笑了吗？"

"嗯……关于这个嘛……我也不知道，"黛安娜感到不知所措，"反正，我认为那不是一件好事情。安妮，你想啊，在教会里面嘻笑，不是一件罪大恶极的事情吗？"

"可是黛安娜，天堂跟教会根本就不同啊！"

"最好是不同！"德威冷不防地说，"如果真是相同的话，我就不想去啦！教会实在叫人感到可怕，我打算不去了。我要向白沙镇的汤姆斯·普德老爷爷看齐，一直活到一百岁。普德老爷爷说，他之所以能够活到那么大的岁数，是他不时都在抽烟的缘故。因为烟草会杀死细菌呢！安妮姐姐，我稍大以后能抽烟吗？"

"德威，你最好别抽烟。"安妮板着面孔回答。

"那么，细菌杀了我该怎么办？"德威紧张地反问。

第十五章

美梦的去处

"再过一个星期，就得回到雷蒙学院啦！"安妮自言自语道。

一想起要重新接触书本，以及跟同学们相聚时，安妮就感到非常高兴。同时，她也开始在芭蒂之家的周围编织快乐的幻想。虽然至今还未住进去，但是光是想想，就会萌生温馨的感觉。

不过话又说回来啦！这个夏天也非常快乐——包括在夏季阳光和蓝天下快乐的生活、重温昔日友情的乐趣，以及学会了尽兴地游玩的诀窍。

"人生的学问，并不一定要到大学才能学成。其实，到处都可以学到人生的学问。"安妮暗想。

想不到在最后一周的假期，却发生了一件噩梦般的事儿，叫安妮感到伤心透顶！

"最近，你是否仍然在写小说呢？"

某一个黄昏，当安妮跟哈里森夫妇在喝茶时，哈里森很感兴趣地问。

"没有啊！"安妮有点不悦地回答。

"你别紧张，我完全没有恶意。史龙夫人告诉我说，一个月以前，有人到邮局寄了一个大信封到蒙特娄的洛林优良酵粉公司。史龙夫人说，艾凡利可能有人参加该公司悬赏的宣传小说。史龙夫人说，信封上的字迹并非是你的，不过，我认为除了你，没有第二个人。"

"我并没有应征呀！当然啦，我也知道有这么一回事情。不过，我认为——为了推销酵粉而写小说，那实在太不知廉耻啦！这种情形，就仿佛杰多逊把自己的围墙租给药厂做广告一般，甚至有过之而无不及呢！"

如此傲然的安妮，做梦也料想不到，一件天大的耻辱正在等待着她呢！

在那天黄昏，黛安娜双颊泛红，两眼闪闪发亮，手中持着一封信，悄然进入了安妮的房间。

"哦！安妮，你有一封信呢！刚才我到邮局寄信时，顺便把它带了回来。你就快点打开吧！如果是我预料中的那件事儿，我将高兴得发狂呢！"

安妮感到非常纳闷，但是她仍然打开信封，拿出了一张用打字机打成的信纸：

安妮·雪莉小姐：

在这里，我们慎重地向您报告一个好消息。那就是您的大作《亚毕丽的赎罪》，已经在敝公司的征文比赛中夺魁，赢得了二十五美元的奖金。信封里有一张支票，请查收。敝公司正计划将这篇精彩的小说刊登于加拿大的各大报纸，并且印刷成小册子，分送给顾客。

谢谢您对本公司的支持。

洛林优良酵粉股份有限公司

"天哪！这到底是怎么一回事啊？"安妮茫然地说。

黛安娜则使劲地拍起了手儿。

"太好啦！我就知道它一定会获得大奖的！因为我一直拥有这种信念。安妮，是我把你那篇小说寄给洛林公司的征文组的！"

"黛……黛安娜！"

"嗯……就是我啊！"黛安娜眉开眼笑地坐在安妮的床上，"当我看到洛林公司的征文广告时，立刻想到了你那篇小说。本来，我想先跟你商量一下，但是，我又担心你不同意，所以……我就把你抄给我的那一份寄出去啦！如此一来，就算落选了，你也不会感到难过，因为他们声明不退稿，万一中选，你一定会感到又惊又喜，想到此，我就毅然把它寄出去了。"

黛安娜本来就不是很敏感的人，然而在这时，她也察觉出了安妮压根儿就没有狂喜的样子。或许我们可以说——她的脸上有着惊讶的表情，但丝毫找不到喜悦的影子。

"咦？安妮，你好像一点也不高兴嘛！"黛安娜叫嚷道。

为了挚友，安妮立刻勉强笑了笑。

"我非常高兴你如此为我设想，"安妮缓慢地说，"只是……我太惊讶了……我不知道这是怎么一回事呢！我写的那篇小说里面没有……提起什么酵粉啊。我实在被弄糊涂了……"

"那还不简单？我把那几个字填进去了呀！"黛安娜兴冲冲地说，"说来说去，还不是小学时代的'编故事俱乐部'帮了我的忙。安妮，你那篇故事里面，不是有亚毕丽烤饼干的场面吗？我只不过填了一句——亚毕丽在那些饼干里加入了洛林牌酵粉。想不到，效果就变得这么好。到了最后那一节，巴尔不是抱着亚毕丽说：'我最钟爱的人儿，美妙的一连串的未来岁月，将使我的美梦成真！'吗？我在那儿填上'除了洛林牌优良酵粉，我绝对不使用其他厂牌的酵粉了'。"

"我的天哪！"安妮犹如被泼了冷水一般，喘了一口气。

"你真厉害，轻而易举就赚了二十五美元！"黛安娜喜滋滋地说，"普莉西拉曾经对我说过，《加拿大妇女之友》录用一篇小说才给五美元呢！"

安妮用颤抖的手指拿起了桃红色的支票说："我不能要这笔钱！黛安娜，这一笔钱应该归你，因为是你参加了征文，同时，你也把故事修改过了，所以……你必须收下这张支票。"

"安妮，你以为我是那种人吗？"黛安娜拒绝道，"我所做的事情微不足道。只要拥有得奖者好友的名誉，我就感到非常受用啦！我家里有客人，我本来应该立刻回家的，可是我又不能不来看你。因为，我太为你高兴啦！安妮。"

安妮突然把她的上半身前倾，拥抱着黛安娜，吻了她的面颊。

"黛安娜，你是世界上最温柔、最忠心的朋友，"安妮以稍微颤抖的声音说，"你的盛意，我非常非常感谢。"

黛安娜感到很满足，快快乐乐地奔回家去了。

可怜的安妮十分恼怒，仿佛把那张支票当成杀人的酬金，狠狠地把它抛入衣柜的抽屉里面，再把自己掼在床上，犹如感情受伤，以及感到莫大的羞耻一般，悲悲切切地哭了起来。天哪！这种羞耻将毕生都难以抹灭呢！

天黑后，吉鲁伯特为了说些祝贺的话，急忙跑到绿色屋顶之家。因为在此之前当他到果园的小丘时，听到了这则消息。然而，当他看到安妮时，本来已经准备好的祝词，恰如朝露，一转瞬就从他的嘴上蒸发了。

"安妮，你到底怎么啦？我以为你获得了洛林公司的奖金后，正在眉开眼笑哩！"

"哦！吉鲁伯特呀！我以为你懂得我的心呢！我简直受不了啦！"

"坦白说，我根本就不懂你的心。到底是什么地方不对劲呀？"

"全部都不对劲呢！"安妮仿佛病人在呻吟一般地说，"我即将成为永远抬不起头来的人了！你想想，如果一个母亲看到她的孩子全身都写着酵粉的广告文案，她会有什么感受呢？现在，我正有着那种感受。我爱着自己那篇遭受到退稿的小说。

它才是我思想的结晶！把它降低到酵粉广告的低水平写作，是对我最大的侮辱。你还记得在皇后学院时，汉弥敦教授说过的一句话吗？他说——你们必须遵守最高的理想，千万别为了卑贱、不值得尊敬的动机，提笔写出一语一字。如果汉弥敦教授获知我为洛林公司撰写广告用的短篇小说的话，他不知会产生何种感想？天哪！这件事情传遍雷蒙学院以后，我势必会被当成笑柄！"

"不会的，"吉鲁伯特说，"雷蒙学院的学生里面，十个就有九个跟你一样，物质生活并不富裕。听到这个消息，大伙儿都会认为——你只是以正当的手段赚取一年的费用，怎么能说不值得尊敬、卑贱，以及不自爱呢？这一点我就不同意啦！的确，大家都比较喜欢撰写文学方面的作品——但是另一方面，我们也得缴学费和房租呀！"

吉鲁伯特这种基于理性又实际的看法，使安妮感到安慰。至少，她不必担心被同学们讥笑，以及不至于感到没有面子，不过，理想的伤痕还是被刻划得很深刻，看样子，将很难被治愈了。

第十六章

芭蒂之家的居住者

"天哪！我还不曾见过比这儿更像家的地方呢！这儿比起自己的家来，更能给人一种家的感受。"菲儿高兴地瞧着四周如此断言。

黄昏时，一伙人集合在芭蒂之家的宽敞客厅中——安妮、普莉西拉·葛兰多、史蒂拉·梅奈德、菲儿、姬茵西娜阿姨、猫族——拉斯帝、约瑟夫，以及雪拉。再加上陶器的狗狗、马狗狗，暖炉的人影在墙壁上面闪动，猫族们咕噜咕噜地在发出喉音。菲儿的崇拜者所赠送的一大盆菊花，在古色古香的客厅中，发出奶油色的月华光辉。

一伙人在定居后的第三个星期，不约而同地认定这一次的"试住"非常成功。她们进入芭蒂之家的两个星期内，家里充满了活力和快乐。她们设置家里的守护神，定立生活的规则，并且协调了各种不同的意见。

即使到了必须回到学校的时候，安妮对离开艾凡利也不感到悲伤。那是因为休假的最后几天，叫她感到特别不自在。

安妮的当选作品被发表于爱德华王子岛的各大报纸，威廉·布雷在他店子的收银处旁，堆积了如山的粉红色、黄色以及绿色的小册子，对每位顾客都分送一册。小册子里面就刊登着安妮的作品。威廉向安妮恭贺了一阵子，再赠送给她一叠小册子。安妮一回到家，就把那些小册子扔进厨房的炉灶里，把它们烧成了灰烬。基于自己的理想，安妮感觉到有些没面子，然而艾凡利的人们都认为安妮能够获得奖金，委实是一件很光荣的事情。

大部分认识安妮的人们都以尊敬的眼光瞧着她，少数的敌人则表示出一种带着羡慕的轻蔑。乔依认为安妮的那篇作品，必定是抄袭别人的，因为在数年前，她好像在哪家报纸的副刊上看过了。史龙家族的人则说，写那种故事根本就没有啥稀奇，只要有心，任何人都写得出来。

就连林顿夫人也认为，撰写虚构的故事实在不妥当，不过，对于能够获得一张二十五美元的支票，却非常羡慕。她说："那家公司竟然付一大笔钱给胡扯的人，实在叫人感到意外。真是的……如果我也有胡诌的能耐……我也很想试试……"

安妮以富有经验的二年级身份，回到雷蒙学院参加开学典礼时，立刻跟一群旧知好友玩到一块儿。她不仅碰到了史蒂拉、普莉西拉、吉鲁伯特，还有比往日更嚣张的查理·史龙，仍然抱持着亚力克、亚兰索问题的菲儿，以及麦克法森。麦克法森自从毕业于皇后学院以后，一直在小学教书，不过，他母亲认为他应该更进一步进修，以便准备当一名牧师。

可怜的麦克法森刚尝试到大学生活，立刻就遭受到一场劫难。跟他寄住于同一个家庭的六个二年级学生，某一夜袭击他，剪掉了他一半的头发。倒霉的麦克法森只能顶着平头上学和上街。他在万分苦恼之余，对安妮大发牢骚说，他实在怀疑自己的天职就是牧师。

当一群少女准备好迎接姬茵西娜阿姨入门时，她竟然未卜先知似的，在非常适当的时机下光临。芭蒂小姐送房子的钥匙给安妮，并且附着一封信说明，狗狗和马狗狗放置在客房的床铺下面，逢到必要时可以把它们取出来。而且，一再交代，房子的壁纸刚更换不久，如非特别需要，请不要打上钉子挂东西。

四个少女欢天喜地地布置自己的新窝。菲儿说，这仿佛是新婚一般叫人感到兴趣盎然。况且能够在不受到老公的纠缠之下，体会到布置新家的乐趣，实在是人间的最大享受呢！

为了使这个小小的窝更为宜人，大伙儿都或多或少拥有装饰品。普莉西拉、史蒂拉以及菲儿都有少许的油画和玩具。为了把自己喜欢的画儿挂起来，她们根本就无视芭蒂小姐——不能在墙上打钉子的戒条，到处打出了小小的洞孔。

"安妮，你别紧张啦！将来我们搬出去以前，可以使用接合剂把钉孔塞起来呀！如此一来，她们根本就无从知道。"三个少女对唱反调的安妮如此说。

黛安娜送给安妮几个塞着松叶的坐垫，爱达小姐送了几个有刺绣的坐垫给安妮与普莉西拉。玛莉娜送了一大箱糖腌果子。

她还对安妮说，感恩节前几天，她还会送来一大箱腌渍的蔬菜。林顿夫人送给安妮一床利用碎布缝成的被子，再把五床类似的被子借给安妮。

"安妮，你就把它们统统带走吧！"林顿夫人以命令式的口吻说，"与其放在阁楼的大皮箱里被虫儿啃食，不如拿去使用。"

其实，那些被子连一只小虫儿也住不得。因为樟脑的味道非常呛人！安妮把它们放置在"芭蒂之家"的果园曝晒了整整两个星期，方能够拿进室内而不再呛鼻子。

对贵族气派浓厚的斯勒福德街来说，那些被子是极为罕见的展示物。难怪，邻家的香烟大王来拜访安妮，希望安妮把那一床利用红、黄布缝接的郁金香被子卖给他。这位富豪很怀念地说，他母亲在往昔时常缝制这种被子。为了怀念去世的母亲，他很想要那种被子。安妮并没有答应，不过她写信将这件事告诉了林顿夫人。想不到林顿夫人非常高兴，很快又缝了一条相同的被子，叫安妮送给那位香烟大王。香烟大王喜滋滋地说，以后他将每晚都盖着那条被子，听得他那摩登的老婆恼怒异常，大发娇嗔。

那年冬季，林顿夫人的被子派上了极大的用场。想不到芭蒂之家通风得很，逢到天降霜雪的夜晚，少女们都钻进五颜六色的被子里面，力赞林顿夫人的善行。

有一天，安妮从雷蒙学院回家时，跟她擦身而过的行人，都对安妮报以一种怜悯的微笑。安妮以为自己帽子歪了或者腰带松了呢！回头一瞧！才看到自己身后紧跟着一只拉斯帝猫。

那只猫长得凄惨极啦！它早就脱离了小猫的时期，长得又瘦又长，说多丑就有多丑。它的两耳似乎被咬烂了，很像垂在头部两旁的碎布片，一只眼睛急待美容，颚骨则肿得可怕。毛色也许原本是乌黑的，但是如今的它，看起来仿佛浑身被烧焦了！

"嘘！"安妮发出了逐猫令，但是它一点也不慌张，停下了脚步，用不必美容的那只眼睛，责难似的瞪着安妮。安妮一旦开始走路，它就紧随其后。安妮不动声色自管自地走路。不过，一踏进芭蒂之家，她就以迅雷不及掩耳的速度砰的关上了门。

十五分钟后，菲儿打开门时，那只脏兮兮的猫儿坐在石阶上面。想不到，它一支箭似的冲入屋里，以半抱怨、半胜利的声音，大叫了一声"喵"，再跳到安妮的腿上。

"安妮，那只猫是你的吗？"史蒂拉以严厉的口吻嚷了起来。

"才不是呢！我根本就不认识它！"安妮苦笑着说，"它一直跟着我回来呢！我赶它，它就耍赖，真拿它没法子！噢……拜托，你下去吧！对于一般的猫咪，我一向很喜欢，但是你的尊容实在叫人不敢恭维啊！"

想不到，猫儿仍然不下来，悠然地躺在安妮的腿上，喵喵叫起来。

"安妮，那只猫儿看上你啦！"普莉西拉笑着说。

"我才不希望被它看中呢！"安妮顽固地说。

"啧……啧……真可怜，瞧它一副皮包骨的德行。"菲儿以同情的口吻说。

"既然如此，就给它点东西吃吧！然后再把它放到原来的地

方算了。"安妮斩钉截铁地说。

待猫儿吃过东西，安妮就把它放到屋外。但是只要有人开门，它就会跃进屋里。奇怪的是，它对安妮情有独钟，对于别人却始终不理不睬。

一个多星期后，猫儿变得好看多了，眼睛跟面颊恢复了常态，耳朵也痊愈了，体态也丰硕了一些，时常能够看到它在洗脸。

"可是，我们仍然不能饲养它呀！"史蒂拉说，"下周姬茵西娜阿姨就要来啦！到时，她一定会带雪拉猫来。这只斗士型的拉斯帝猫，想必会跟雪拉从年头打到年尾，天天开战呢！昨天晚上，它跟香烟大王的骑兵猫、步兵猫，甚至炮兵猫展开一连串激战，结果呢？把它们打得落花流水，在这个地方当起了地头猫呢！"

"如此说来，非把它处理了不可啰？"安妮说着，以忧郁的眼光看着拉斯帝。

此刻，拉斯帝温顺如绵羊，在暖炉边的地毯上发出咕噜咕噜声。

"那么，我们如何处置它呢？"安妮迷惑地问，"如何才能够把它彻底地赶走呢？"

"我们只好用麻醉药把它弄死，"菲儿说，"那也是最具有人情味的处决法。"

"什么，用麻醉药把猫儿毒死？我下不了手……"安妮不忍心了。

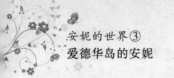

"那是一件很简单的事情，我来替你进行吧！"菲儿一再保证。

死刑在后院进行。在那一天，始终没有人到后院附近。到了黄昏，菲儿说，应该埋葬拉斯帝了。

"普莉西拉和史蒂拉，麻烦你俩到果园挖坟穴吧！我跟安妮去取猫儿的尸体。唉！这是我最厌恶的工作呢！"

两人蹑手蹑脚地走到了后院。菲儿战战兢兢地取掉了木箱上面的石块。就在一刹那，安妮听到木箱里面传来了"喵"的微弱叫声。

"啊……它没有死……"安妮颓然地坐在后院的石阶上。

"那怎么可能？它应该已经死啦……"菲儿一副不信邪的表情。

这时又传来了微弱的叫声，很显然，拉斯帝并没有死。两个少女面面相觑，感到尴尬万分。

"现在，又该怎么办？"安妮问菲儿。

"你俩中了邪啦？怎么不来啊？"史蒂拉出现在门口说道，"我俩挖好了坟穴，'咦？怎么如此无精打采呀？为何一动也不动呢？'"史蒂拉说着舞台剧里面的台词。

"'哎哟！恰如遥远的瀑布声，幽幽地传来了死者的声音。'"安妮指着木箱子，也是以舞台剧里面的台词回答。

四个少女笑成一堆，紧张的气氛被消除殆尽。

"就把它一直放到明天早晨！"菲儿又把石块压在木箱上面说，"它不再叫啦……或许我俩刚才听到的叫声，是垂死的悲叫声吧？不然就是我俩的良心受到了谴责，产生了幻听。"

不过，到了第二天早晨，菲儿取掉木箱时，拉斯帝犹如一阵旋风跳到安妮的肩膀上，再以浓情蜜意的表情，舔着安妮的面孔。如此生龙活虎的猫儿，世上应该没有第二只了！

"啊！原来是木箱子有个破洞呢！"菲儿叹息了一声说，"难怪它没有死成！好吧！那就从头再来吧！"

"噢……不必啦！"安妮说，"我绝对不再想杀害拉斯帝了。从今天起，它就是我的猫儿！所以……你们就忍耐忍耐吧！"

"好啊！不过，你得说服姬茵西娜阿姨和雪拉猫。"史蒂拉·梅奈德表示不管这件事儿，于是这样说。

就这样，拉斯帝成了家族的一员。夜晚它在后门口的擦鞋垫上睡觉，过着奢华又惬意的生活。待姬茵西娜阿姨来时，它已经变成了胖嘟嘟，毛发十分光鲜的猫族帅哥。不过，它也是一只"唯我独尊"的猫儿，敢向所有的猫儿挑战。斯勒福德街的高贵猫族，一只挨一只地被它打败。

至于人类嘛，拉斯帝唯独钟爱安妮。其他人就是想抚摸它也不成。不然，它就会愤怒地叫一声"喵"，仿佛在用脏话骂人！

"我说那一只猫咪啊，装模作样的，真叫人作呕呢！"史蒂拉说。

"哪儿的话，它是一只标致的猫帅哥哩！"安妮搂紧自己宠爱的猫儿说。

"但愿拉斯帝跟雪拉猫能够和平相处，"史蒂拉以悲观的口

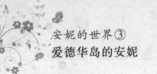

吻说，"夜晚，猫族在果园的战争，已经叫人感到不胜其烦，如果它俩在这客厅打起来的话……后果将不堪设想呢！"

不久以后，姬茵西娜阿姨抵达芭蒂之家。本来，安妮、普莉西拉、史蒂拉以及菲儿，都不约而同地以不安的心情等待姬茵西娜阿姨的驾临，然而，当姬茵西娜阿姨坐在暖炉前面的摇椅上以后，四个少女就跪伏在她身边，好似幼儿沐浴在母亲的温馨慈晖中。

姬茵西娜阿姨是小个儿的老妇人，小巧的三角形面孔，充满了柔和的线条，一双大而温柔的蓝眼睛，闪动着不可抹灭的年轻光辉，而且也洋溢着青春少女般的希望。她的双颊为玫瑰色，雪一般白色的头发，在耳后梳出小小的隆起状，看起来显得古色古香。

"这是非常古老的发型，"姬茵西娜阿姨的手里编织着淡红色的毛线，如此说出开场白。"我是旧式的妇人，不仅穿的东西古旧，甚至连想法也老掉牙了。你们别误会，我并没有说这样比较好。说真的，这实在非常的要不得。不过话说回来，因为旧惯了，心里也感觉到舒服得很。新鞋子诚然比旧鞋子好看，不过旧鞋子穿起来比较舒服。到了我这种年龄，鞋子和想法都是自己的比较好。我会在这儿舒舒服服地做好自己份内的工作。你们别以为我会监视你们，或者严格地教导你们，我绝对不会那样做的。你们都那么大啦！当然懂得做事的分寸，"姬茵西娜阿姨眨眨眼睛说，"就算你们想走上毁灭之路，我也不会干涉你们。"

姬茵西娜阿姨不仅带来雪拉猫，还带来一只名叫约瑟夫的公猫。姬茵西娜阿姨说，约瑟夫本来是她一位亲友饲养的猫儿，后来这位亲友迁移到潘克潘巴去了。

"她基于种种原因，无法带约瑟夫一起上路，所以就把它送给我了。我也拒绝不了她，因为那只猫儿很有人缘。我那位亲友之所以把它取名为约瑟夫，是因为它的毛色很丰富。"

的确如此。史蒂拉说约瑟夫仿佛是一个破烂的袋子！让人永远看不出它是什么颜色的。脚儿是白色，散布着黑点，背部为灰色，一侧为黄色，另外一侧有黑色的大斑纹。尾巴却是黄色，尖端又为灰色，一只耳朵为黑色，另外一只却是黄色。一只眼睛的周围有着黑色斑纹，使它看起来像是吊儿郎当的游手好闲者。实际上，它"对人畜都无害"，而且富有社交方面的气质。整天闲得很，大小事情都不干，更甭提捕耗子啦！即使是极尽奢华的所罗门王，也不曾睡过柔软如约瑟夫的窝吧！甚至不可能享受过约瑟夫所拥有的油腻大餐！

约瑟夫跟雪拉猫，被放进不同的木箱子里面，搭快车抵达。它俩被放出木箱子，吃饱了美食以后，约瑟夫选择房角它中意的坐垫休息。雪拉猫坐在暖炉前面，用优雅的动作洗脸。"她"是体躯庞大，毛发光泽，具有十足威严的猫儿。这只猫儿是姬茵西娜阿姨向一名洗衣妇要来的。

"那名洗衣妇叫雪拉，所以我老公也就叫它雪拉。她今年八岁，逮老鼠的技巧堪称第一。史蒂拉，你不必担心，雪拉是'淑女'，绝对不会跟同类相残的。约瑟夫更是乖得……"

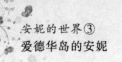
"可是在这儿，为了保护自己，不得不打架呀！"史蒂拉担心说。

就在这个节骨眼上，拉斯帝登场了。它喜气洋洋地跳到房间的中央，才注意到有入侵者。于是，它骤然停止脚步，迅速把尾巴膨胀成三倍大，竖起了背部的毛发，摆出了一种挑衅的架式。接下来，它把头部压低，发出嫌恶至极的尖叫声，扑向雪拉猫。

威严感十足的雪拉猫停止了洗脸的动作，用一种莫名其妙的眼光瞧着拉斯帝，仿佛轻蔑拉斯帝的攻击一般，以迅雷不及掩耳之势，用前脚扫了一下拉斯帝。拉斯帝因为轻敌，又过度唯我独尊，着实被赏了"一猫掌"之后，皮球似的在地毯上面滚了一圈。狼狈万分地爬起来以后，拉斯帝有点儿心虚地瞧着雪拉猫，想着——是否应该再接再厉地展开攻击？雪拉猫傲然地背对着攻击者，继续它的"化妆"。

考虑之后，拉斯帝决定放弃动武，这以后，它就不再拉下猫脸了。

约瑟夫轻率地起身，打了一个哈欠。满腔燃烧着复仇怒火的拉斯帝，一下子就扑到约瑟夫身上。约瑟夫的禀性相当稳重，但是逢到必要时，它仍然能够打斗。于是，一场"双雄决死斗"掀开了序幕。

不过，斗了很久一直保持平手的局面。安妮一直为拉斯帝加油，史蒂拉急得团团转，姬茵西娜阿姨则一直在微笑。

"就让它俩缠斗下去吧！"姬茵西娜阿姨以宽大的口吻说，

"它俩很快就会友好起来的。约瑟夫委实需要运动一下了——因为它实在太肥了！拉斯帝也必须觉悟到，自己并非这世界上唯一的猫儿才行。"

果然一点不假，约瑟夫跟拉斯帝从不共戴天的仇敌，变成了独一无二的至友。它俩在同一块坐垫上面，彼此交叉着手儿睡觉，有时也彼此舔舔面颊。

"姬茵西娜阿姨，"史蒂拉说，"如果您看到刚来此地的拉斯帝，一定会吓一跳。因为那时的它，简直跟恶魔一样丑陋。"

"我个人认为恶魔并不一定很丑陋，"姬茵西娜阿姨若有所思地说，"如果很丑陋的话，他们就不可能造下很大的祸害。我一直认为——恶魔就是英俊的绅士。"

第十七章

德威的来信

"大伙儿来瞧瞧，下雪了呢！"在十一月的某个黄昏，回到了家的菲儿说，"庭园的小径布满了美妙的星形和十字形雪花。在这以前，我始终不曾仔细地瞧过雪花哩！生活一旦变得单纯以后，就有多余的心思去注意种种琐事。对啦！牛油一磅又涨了五分钱呢！"

"什么？已经涨价啦？"史蒂拉反问了一句。因为，她是负责家计的掌门人。

"嗯——牛油涨价了。可是，我已经变得很会买东西了呢！其实买东西这件事，比起滥交男朋友更有趣呢！"菲儿正经八百地说。

"唉……好像每样东西都在涨价！"史蒂拉叹了一口气。

"不要太操心嘛！可喜的是——空气和神的救助永远免费啊！"姬茵西娜阿姨说。

"说说笑话也一样啊，"安妮加上了一句，"说说笑话，不必担心被课税。我想——只要我念德威的来信给你们听听，你们就会莞尔一笑的。这一年来，德威在书写方面有了很大的进步，而且，他能够幽默十足地写出一封信呢！"

安妮姐姐：

你好！

家里的人都挺好。希望姐姐的身体也好。今天下了一些银白色的雪。玛莉娜阿姨说，那是天空中的老奶奶在挥动鸭绒被。姐姐，那位老奶奶是神的老婆吗，还是神的姐姐呢？我好想知道哦！

林顿阿姨病得很严重，不过现在好多啦！上个星期，林顿阿姨从地下室的阶梯摔了下去。在她掉下去时，手儿正抓着放满了牛奶桶和铁锅的棚架，以致棚架被打翻，跟林顿阿姨一起"轰隆轰隆"地滚到了地下室。因为轰隆的声响太大，玛莉娜阿姨以为发生地震了呢！可能是铁锅重重地打到林顿阿姨的身上了吧，使得她折断了肋骨。

医生来看林顿阿姨时，曾经给她一包药膏，再三叮嘱必须涂抹在肋骨上面，谁知林顿阿姨却不懂得医生的意思，把那些药膏通通吃下去啦！医生铁青着脸说，林顿阿姨不死乃是奇迹。其实，林顿阿姨不但没有怎样，吃了那些药膏以后，肋骨反而好起来了呢。正因如此，林顿阿姨反而讥笑医生不会看病哩！

上星期欣逢感恩节，学校放假，我们吃了一顿丰盛的大餐。我一口气吃下红烧火鸡肉、水果蛋糕、甜甜圈、奶酪、果酱、巧克力蛋糕，以及猪肉派。玛莉娜阿姨说我准会胀死，但是我

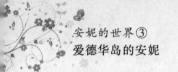

现在仍然好端端的！不久以后，多拉说她耳痛。其实，那并非耳朵的"耳痛"，而是胃部的"耳痛"。在我看来，根本就不曾发生过所谓的"耳痛"。

这学期我们的老师是男的。他挺会说笑话啊！上星期，他问我们三年级的男孩喜欢哪种类型的老婆，又问女生喜欢哪种类型的老公，叫我们把感想写在作文簿上面。老师在阅读时笑弯了腰，笑出了眼泪。以下就是我的作文，请安妮姐姐过目。

我中意的老婆

我的老婆必须懂得礼节才行。她必须按时准备好三餐，听老公——我的话才行！而且，必须懂得好好照顾我才成！年纪必须是十五岁。她必须能够体恤和帮助可怜的人，把家里收拾得干干净净，脾气要温和，就像绵羊，同时必须按时到教会做礼拜。她必须长得漂亮，头发必须卷曲。如果我能够拥有心目中的老婆的话，我一定会变成非常温柔体贴的老公。我认为——女人也应该对老公百依百顺才对。真是可怜！有不少的女人没有老公呢！

上个星期，我们到白沙镇参加爱沙克伯母的葬礼。死者的老公哭哭啼啼，显得非常悲伤。林顿阿姨说，爱沙克伯母的爷爷曾经偷了别人的羊，不过，玛莉娜阿姨说我们不能讲死者的

坏话。这到底是为什么呢？安妮姐姐，我很想知道呢！对了！安妮姐，你身体好吧？

哈蒙·安德鲁伯母那只获得奖金的大公猪，不知怎么回事，突然死啦！林顿阿姨说，那是因为哈蒙太太过分骄傲，以致遭受到天罚。不过我认为那头猪好可怜！

米鲁帝病了，医生给他开了好几包药服用，不过那些药难吃透啦！我很同情米鲁帝，好心帮他吃了四分之一包，但是他家的人都以吝啬出名。米鲁帝说，他家花钱买来的药，应该由他来吃，怎能便宜外人呢？我问波尔多伯母说，抓住男人有什么"诀窍"时，她气得七窍生烟，说她一辈子都不曾追过男人！

改善会的人员，又想粉刷公众聚会堂，因为大家都看腻了青色墙壁。

新牧师到咱们家里喝茶。这位牧师吃了三个派。如果我也吃三个派的话，林顿阿姨一定会说我贪吃无厌。而且，那位牧师还大口大口地吃。但是，玛莉娜阿姨却叫我不能那样吃。为何小孩不能做的事，牧师却能够做呢？安妮姐姐，我好想知道！

我要说的事儿都说完啦！那么，我就在此献上六个吻吧×××××。多拉也献上一个吻×。

你亲爱的小朋友

德威·基思　敬上

再启：

安妮姐姐，恶魔的老爸到底是谁呀？我好想知道呢！

第十八章

约瑟芬姑妈的遗言

圣诞节休假一来临，芭蒂之家的姑娘们都纷纷回到了自己的老家，只留下姬茵西娜阿姨单独看家。

"不管是哪一个招待我的家庭，都叫我不能带三只猫咪一同前往。但是，我又不忍心把猫儿留在这儿达三个星期之久。因此，我决定陪它们留在芭蒂之家。"

安妮跟往常一样，充满了欢悦的期待回去。想不到艾凡利正遭受到前所未有的风雪肆虐。几乎在整个假期里，每天都刮着风雪，就算是放晴的日子，仍然刮着大风。道路好不容易才能够通行，一下子又被阻塞了起来，因此几乎不能外出。改善会为了对大学生表示敬意，一连三夜都准备举行派对，但是由于入夜后的风雪很大，没有人想出门，以致作罢。

安妮对绿色屋顶之家仍然充满了爱恋之心，对它忠心不二。然而，她还是会想到芭蒂之家舒适的暖炉、姬茵西娜阿姨那拥有快乐的眼神的三只猫儿、少女们开朗的笑谈，以及大学友人们来访的星期五夜晚的种种趣事……

安妮感到甚为寂寞，在她的休假期间，黛安娜患了严重的支气管炎，以致安妮只得一直待在家里。黛安娜不能来到绿色屋顶之家，安妮也不曾到果树园山丘，因为通过魔鬼的森林的小径如今被冰雪阻塞，完全不能行走。琪丽儿在白蒙蒙的坟场永眠，琴恩在西部的学校任教。只有吉鲁伯特不在乎风雪的阻挠，时常到绿色屋顶之家拜访她。不过，吉鲁伯特的拜访跟以前不太一样，使安妮感到有那么一点儿恐惧。每当吉鲁伯特突然变得沉默不语，安妮抬头看他时，吉鲁伯特棕色的眼睛就会燃烧起某种热情，目不转睛地凝视安妮，逢到这种场合，安妮就会感到惊慌失措。

而且碰到吉鲁伯特凝视她时，安妮就会满面通红，感到非常不自在。安妮真想回到芭蒂之家。因为在那儿，通常都有人在她身边，不时给她打气。

每逢吉鲁伯特到绿色屋顶之家时，玛莉娜就会很识趣地退入林顿夫人的领土里面，甚至连双胞胎也一块儿拖走。这种举动的意图非常明显。对于此举，安妮感到莫名其妙的愤怒。

德威一直生活得乐陶陶。早晨，他喜欢拿起打扫工具，扫除通往鸡舍和水井的小径上的积雪。圣诞夜，玛莉娜和林顿夫人各使出浑身解数，弄一大堆美味佳肴给安妮享用时，德威也分享到一大部分。同时他也很出神地阅读学校图书室的书本。在这本故事书里面，男主角面临绝境时，每次都能发挥出惊人的本能，而且碰到地震、火山爆发时，都能够及时逃出劫难，

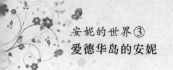

并且获得了一大笔财产。

"这个故事非常吸引人呢！安妮姐姐，"德威有点沉醉地说，"比起《圣经》来，我更喜欢看这类书籍。"

"是吗？"安妮微笑着说。

德威很不解地凝视着安妮的面孔说："真邪门哩！姐姐怎么一点也不感到惊讶呢？当我如此对林顿阿姨说时，吓得她瞠目结舌呢！"

"我才不会瞠目结舌咧！九岁的男孩子喜欢冒险故事，是一件天经地义的事情。不过，待你长大以后，你就会感觉到《圣经》是一部很了不起的书。"

"嗯……里面确实有一些有趣的故事，"德威稍微让步说，"例如，有关约瑟芬的故事就很不错。不过话说回来，如果我是约瑟芬的话，我才不会原谅那些哥哥呢！我绝对不宽恕他们！安妮姐姐，像那些坏心眼儿的哥哥们，我一定要斩掉他们的首级！每逢我如此说时，林顿阿姨就会啪哒一声合上《圣经》，怒目圆睁地说：'小浑球！滚出去！我不念给你听啦！'所以逢到星期天下午，林顿阿姨念《圣经》给我听时，我始终不敢插嘴，全神贯注地听，第二天到学校以后，再讲给米鲁帝听。我把艾利榭①与熊的故事说给他听了以后，他害怕得要死，从此以后，再也不敢嘲笑哈里森先生的秃头啦。安妮姐姐，爱德华王子岛没有灰熊吗？我好想知道哦！"

————————————

①《旧约圣经》里的预言者。

"目前一只也没有呢！"安妮出神地瞧着风儿把雪片打到窗上，心不在焉地回答。"唉……到底要到何时才能够放晴呢？"安妮喃喃自语。

"只有天上的神仙才晓得！"德威随便说了一句，又准备回到他的故事书上面。

这回轮到安妮瞠目结舌。

"德威！"安妮以非难的口吻叫道。

"那是林顿阿姨说的嘛！"德威抗议道，"上周当玛莉娜阿姨说：'唉……鲁多毕克跟迪奥多拉这对冤家，到底何时才会结婚呢？'时，林顿阿姨就是说了这句'只有天上的神仙才晓得'！"

"是吗？林顿夫人实在不应该那样说……"安妮感到自己不该如此说长辈，于是改口说，"我们不能动不动就以神仙的名义，再用开玩笑的口吻说出来。德威，你不要再说那句话了。"

"好吧！那我就不再说了。林顿阿姨说，鲁多毕克整整向迪奥多拉求了一百年的婚。如此说来，他俩不是变成了老掉牙的公公婆婆，怎么还能够结婚呢？安妮姐姐，我想，吉鲁伯特已经追你好久啦！你什么时候嫁给他呀？林顿阿姨说，你俩已经确定关系啦！"

"哼！林顿夫人实在——"安妮在激怒之下，冒出了半句话，但是，她很快闭了嘴。

"林顿阿姨的喋喋不休，真的叫人受不了，"德威说出了结尾语，"大伙儿都说林顿阿姨是名嘴婆子呢！安妮姐姐，你真的跟吉鲁伯特确定关系了吗？我好想知道哦！"

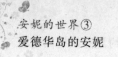

"你呀！真是一个小呆瓜！"安妮对德威说了这句话以后，傲然地走出了房间。

因为厨房里一个人都没有，安妮就走到薄暮笼罩的窗边坐下来。夕阳已经下沉，苍白色的月亮从紫色云堆中露出了脸。苍穹已经褪色，但是两边地平线的一抹鹅黄，更进一步增强了它的光辉。针枞树仿佛僧侣的行列一般，在远处黑色山丘的衬托下，显得更为气势磅礴。安妮看着白色的原野，叹了一口气。她的心情沉重，又感到寂寞难耐。因为她正在想着明年可能没法回到雷蒙学院了。虽然三年级仍然可以申请奖学金，但是数目实在太少啦！而且安妮又不想动用玛莉娜的储蓄。

"看来，明年非休学不可了，"安妮如此想着，"为了赚足我的学费，我只好再到乡下小学教书，一两年后再回去修学分，到时，普莉西拉、史蒂拉可能都毕业啦！而芭蒂之家也将被收回啦！啊！我绝对不能悲观！只要努力争取，我仍然可以独立的。"

"哈里森先生正朝咱们这儿走来呢！"德威前来报告。

原来，哈里森是来送信给安妮。史蒂拉、普莉西拉以及菲儿爽朗的笔调，很快就把安妮内心的阴霾赶走了。姬茵西娜阿姨也寄了一封报平安的信。她不厌其烦地说，她如何点燃了暖炉的火，猫儿如何调皮，以及室内植物成长得如何快速等——末了，她又如此写着——

一连串的冷天，迟迟不去。猫儿一直在室内睡觉——拉斯帝跟约瑟夫睡在客厅的沙发上面，雪拉睡在我的床尾。午夜，一想到可怜的女儿在国外时，我的眼泪就会夺眶而出。逢到此时，只有猫儿咕噜的声音，能够安慰我这个孤独的老婆子。我希望女儿前往的地方不是印度。只要不是这个国家，我就大为放心了。因为，那儿的蛇太猖獗了！我对于任何生物都能够信赖，唯独蛇是例外。我实在不懂，万能的神何以要制造那种令人恶心的东西。依我看哪！那些令人恶心的东西，并非万能的神所制造的，而是恶魔故意制造出来害人的！

安妮以为那一份用打字机打成的通知并非什么重要的信件，以致把它留到最后看。谁知道看过它以后，安妮的眼泪犹如决了堤的洪水，汹涌地流了出来。

"安妮，你怎么啦？"玛莉娜惊讶地问。

"约瑟芬姑妈过世了。"安妮以低沉、悲伤的声音说。

"她终于死了。她辗转于病床已经一年多了。正因如此，巴利先生很担心死亡通告就要来临呢！这样也好。听说约瑟芬姑妈感到相当痛苦呢……安妮，她一直对你很好、很亲切呀！"

"约瑟芬姑妈始终对我很亲切呢！玛莉娜，这封信是约瑟芬姑妈的律师寄来的。她留下了遗言，送给我一千美元。"

"哇！那是一笔很大的钱呢！"德威嚷叫了起来，"那位老婆婆不就是对安妮姐姐以及黛安娜姐姐发过脾气的人吗？因为你俩大半夜里跳到客房床上，这是黛安娜姐姐告诉我的呢！哇！想不到她给你那么多……"

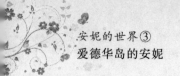

　　"德威,别大声叫嚷!"安妮温和地对德威说了一句,然后,在内心不断起伏之下进入自己的房间。

　　"既然有了一大笔钱,安妮姐姐会不会嫁人呢?"德威怀着不安的心情问,"去年夏天,多卡丝·史龙在出嫁以前曾经如此说:'唉……如果我有钱的话,我才不要嫁人,在男人的作威作福之下过日子呢!不过话又说回来啦!与其跟小姑冷战,我宁愿嫁给带着八个孩子的鳏夫!'"

　　"德威,快点闭上你的臭嘴!"林顿夫人严厉地骂了一句,"真是人小鬼大!亏你懂得那些话。真是的!"

第十九章

开幕前的迷你剧

"今天是我的第二十个生日。如今，我已经永久地摆脱了十几岁女孩的幼稚，变得老练了一些。"安妮把猫儿拉斯帝抱在膝盖上面，坐在炉子前面的地毯上，对着坐在椅子上面看书的姬茵西娜阿姨说话。

现在，只有她们俩在客厅。史蒂拉跟普莉西拉出席委员们的集会，菲儿为了参加派对，正在楼上打扮。

"安妮，你会感到心疼吗？十多岁正是女人一生中最灿烂的时光。以我来说，总是以摆脱不了十多岁的心态而感到沾沾自喜。"

听了这些话，安妮嫣然一笑。

"姬茵西娜阿姨，你当然摆脱不了。依我看哪！就是到了一百岁的年龄，你仍然能够保持十八岁姑娘的心态。很遗憾，我却做不到，因而感到身心俱疲。在很久以前，史黛西老师就曾经告诉过我，女人一旦到了二十岁，不管她喜欢与否，性格

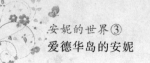

方面就会趋于稳定。然而，我并非如此，仍然缺点重重。"

"每个人都是这样的。以我这个老太婆来说，性格方面是千疮百孔！依我看，史黛西老师只是在提醒你，你的性格到了二十岁时，就会固定于一生的某一个方向，再从那延伸开去。安妮，你不要杞人忧天了。你就尊重神、邻人，以及你应该背负的任务，快乐地生活下去吧！这也就是我生活的座右铭。大体上说来，基于这种指标，就能够进行得非常顺利。咦？菲儿，今晚要到哪儿去啊？"

"她要参加舞会。为了今晚的舞会，她订制了一件漂亮的衣服——那是淡黄色，犹如蜘蛛网一般的绸缎衣服，而且镶满了花边，配上菲儿淡褐色的肌肤，真是美上加美呢！"

"所谓的绸缎，或者花边的词儿，实在很富于魅力。听到这些字眼，就让人有一种身心都在天堂里翱翔的感觉。黄色的绸缎仿佛是太阳的御用品。在年轻时，我渴望着穿上黄色的绸缎衣服，"姬茵西娜阿姨娓娓道来，"刚开始时，母亲阻止我，接着丈夫不让我穿……看来哪！等我到了天堂以后，第一件要做的事，就是马上去买件黄色绸缎衣服。"

安妮在开怀大笑时，菲儿拖着飘飘的长衣摆，从楼上走了下来，到墙前的细椭圆镜子前端详自己的倩影。

"照起比较实际的镜子，真叫人感到心花怒放，喜不自胜！我房间的那面镜子，照起来总是面有菜色。安妮，我真的面有菜色吗？"

"菲儿，你难道不晓得自己长得有多标致？"安妮实话实说。

"我真的不晓得呢！我想，自己是否标致，镜子和男人会给答案吧！我现在不要你点评我标致与否，只是在征求你的意见，我的衣服有没有穿得很整齐？裙子是否很直挺？这些玫瑰是否稍低一些比较合适？我总以为它们高了一些——看起来很不均衡似的。不过把它提高以后，我的耳朵会感到痒痒的。"

"所有的装饰都非常适合你，尤其是春风摇曳的那一对耳环，更叫人拍案叫绝！"

"安妮有一种我非常羡慕的特性——那就是，她从来就不嫉妒别人。她连最起码的一点儿嫉妒心都没有呢！"

"安妮才没有嫉妒你的必要呢！"姬茵西娜阿姨说，"或许，安妮长得没有你花俏，但是她的鼻子比你的秀气多啦！"

"这一点，我早就知道了。"菲儿承认。

"我的鼻子安慰了我不少。"安妮也坦然地说。

"同时，我也很欣赏安妮的发际。还有，安妮那种摇摇欲坠的卷曲头发，我也非常喜欢。提起鼻子嘛……我就会悲从中来呢！我想——到了四十岁时，我的鼻子就会变成派安型了。安妮，你认为我到了四十岁时会变成何种模样呢？"

"你将会变成跟年龄相配的样子啰。"安妮说。

菲儿轻松地坐了下来："啊！你这个淘气的约瑟夫，你怎么可以爬到我的膝盖上来呢？这是一件新衣服呢！如果沾上了猫毛的话，我如何去参加舞会呢？安妮，就算到了四十岁，我也不会变成肥婆，可是，我将变成人家的老婆。"

"是亚兰索的老婆，或者是亚力克的老婆？"

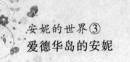

"反正是他俩之中的一人就是了。我希望能够立刻下决定。"

"决定对象并不难。"姬茵西娜阿姨说。

"姬茵西娜阿姨,我仿佛是一块翘翘板,不能不时常动摇啊!"

"菲儿,你最好沉着一些。"

"我当然也希望自己沉着些,但是我就是办不到啊,关于亚力克跟亚兰索这两个宝贝,只要你亲眼看到他俩,你就会感觉到很难取舍。因为他俩都很棒呢!"

"既然如此,那么,你就选择更好的人吧!"姬茵西娜阿姨说,"不是有个大四的同学在追求你吗?噢……他叫什么来着……对啦!叫威尔·李斯利,那个男生的眼睛很大,为人很不错的!"

"可是他的眼睛太大,又太沉着啦——就像一对牛眼!"菲儿在损人。

"那么,乔治·巴卡呢?"

"那个人哪!除了穿得笔挺,一无是处。"

"好吧!那么马哈·瓦奇呢?此人应该无可挑剔啦!"

"怎么没有呢!他太穷啦!我必须嫁给富有的人才行,而且他还要长得英挺才可以。如果吉鲁伯特有钱的话,我一定要嫁给他!"

"什么?你要嫁给他?"安妮愤然地说。

"骗你的啦!一提起吉鲁伯特你就会紧张起来,实在太逗人啦!我才不会喜欢吉鲁伯特那种类型的男子呢!好吧!我们就不要再讲吉鲁伯特了。反正到了某一天，我非结婚不可。但是，我会尽量拖延日子。"

"菲儿，不管如何，你绝对不能嫁给自己不喜欢的人。"姬茵西娜阿姨说。

在美好的时代谈恋爱的——脑筋古板的人。

啊……你已经被时代所遗弃了。

菲儿感到滑稽而哼起来了这首歌，姬茵西娜阿姨则一脸正经地看着安妮。

"那个女孩长得标致，气质也不错，只是脑筋有些古怪。安妮，你觉得呢？"

"噢……菲儿的脑筋并没有问题，"安妮忍住笑意说，"只是她的说话方式独树一帜。"

姬茵西娜阿姨摇摇头说："希望如此。安妮，我喜欢那个女孩子，可是永远无法理解她——我是跟不上她的思维的。我从来就不曾见过那种女孩。她跟我所有看过的女孩子都不一样，甚至跟我在年轻时碰到的女孩子也不同。"

"姬茵西娜阿姨，你在年轻时候结交了几个女孩子呢？"

"哦……差不多六个吧！"

第二十章

吉鲁伯特的求婚

"今天真是个又无聊又漫长的日子！"菲儿似乎很愤慨，她赶走了沙发上的两只猫儿，大模大样地坐了下来，打了一个大哈欠。

正在阅读狄更斯小说的安妮抬起了头，说："对咱们来说或许是无聊的日子，但是对有些人来说，很可能是一个辉煌的日子呢！例如——感受到不曾有过的幸福，或者留下了某种很伟大的行为，也可能写下了不朽的诗篇——也可能有伟大的人物被生下来。然后嘛……或许有人在长吁短叹……"

"安妮，你为何要在美好的想法后面，接上那种叫人伤感的句子，使一些美好的气氛被破坏殆尽呢？"菲儿咕哝着说，"什么长吁短叹的……我最不喜欢听到——叫人感到不愉快的事儿呢！"

"菲儿，你以为毕生都能够避开不愉快的事情吗？"

"世上哪有这么便宜的事情！我想也不曾想过呢！而且，我现在正面临着不愉快的事情呀！亚力克和亚兰索叫我痛苦得要死，我怎能够说他俩叫我感到愉快呢？"

"菲儿，你老是不肯认真地去面对每一件事情。"

"为什么非这样不可呢？况且，这类人已经够多了呢！安妮，这个世界实在很需要像我这般能够到处散播快乐的人。如果每个人都聪明伶俐、正经八百，做事时一丝不苟的话，世界将变成一个非常可怕的地方。

我的使命嘛……就如乔赛亚·亚莲所说的——'去迷惑和诱感他人'。好吧！你就老实招来。正因为我在此地感化你们这一伙人，这个冬季的芭蒂之家的生活，不是比以前更为清爽，更富有朝气了吗？"

"嗯……这倒是真的！"安妮只好坦白承认。

"而且，你们都那么喜欢我——就连一向把我看成疯婆子的姬茵西娜阿姨也不例外。既然如此，我又何必认真去面对每一件事情呢？噢……困死人啦！昨天晚上，我在床上阅读叫人毛骨悚然的《怪谭》，读完以后，问题来啦！我都不敢爬下床铺熄灯了！天哪！我害怕得一直在打哆嗦咧！幸亏史蒂拉在半夜回来，我就叫她吹熄油灯。如果我爬下床去吹熄它的话，再度回到床上以后，一定有鬼魂或者幽灵拖我的脚，错不了的……安妮，姬茵西娜阿姨在这个夏天有什么打算呢？"

"为了那些猫儿，她仍然要居住在芭蒂之家。这是因为姬茵西娜阿姨懒得去打开她自己的房子大门，更不喜欢去拜访别人。"

"安妮皇后！我的肚子在咕咕作响呢！厨房有没有什么可口的食物？"

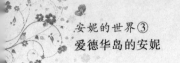

"今天早晨，我做了一些柠檬派，你就先吃一些吧！"

菲儿奔到厨房，安妮陪着拉斯帝到果园。那是香气弥漫的早春夜晚，但是公园的积雪并没有全部融化，松林下的积雪，仍然像一条稍脏的小土堤蜿蜒在那儿，以致街道显得泥泞不堪，黄昏的空气冷冽而潮湿。不过在树荫下面，到处都有青翠的草儿。吉鲁伯特在隐蔽的一隅，发现了一大片盛开的石楠花。他的一双手环抱着石楠花，从公园向安妮所在的地方走去。

安妮正坐在果园的一块圆石上面休息。她眺望着桦树枝丫上面的深红色落日，脑海中正在描绘她的空中楼阁。正因为如此，当她看到吉鲁伯特穿过果园时，不自觉地皱了一下眉头。

最近，安妮一直试着避开跟吉鲁伯特单独在一起。想不到，这一次被他逮个正着。就连拉斯帝也撇下了她，单独跑回家。

吉鲁伯特并排和安妮坐在圆石上面，把一大把石楠花交给了安妮，对她说："看到了这些石楠花，你会想起小学时代的远足吗？"

安妮说了声谢谢，接过石楠花，再把她的脸埋入花儿里。

"是啊！我现在仿佛又站在赛拉斯·史龙老爷子的贫瘠之地。"安妮如痴如醉地说。

"反正再过两三天，你就能回到那儿了。"

"哪儿的话。两星期后我才回去呢！在回家以前，我要和菲儿到波林布洛克玩玩。你一定会比我先回到艾凡利。"

"这个夏季我不回艾凡利。《每日新闻》的办公室有份差事，我想到那儿去上班。"

"噢……"安妮应了一声。艾凡利一旦没有了吉鲁伯特，漫长的夏季该怎么打发呢？安妮心里想着。总之，安妮不喜欢变成那样，但她仍有点冷淡地说："嗯……对你来说，那是一件好事啊！""是啊！我希望自己干得来，这样的话，下个学期就不愁没有费用了。"

"你可不要太劳累了！"安妮不知道自己在说些什么了。但是，她很渴望菲儿能够及时走过来。"吉鲁伯特，在这个冬季里，你很用功，这就够啦！这不是一个很宜人的夜晚吗？今天，我在那边古树下发现了紫罗兰，开得好漂亮……我去叫菲儿，然后咱们就……"

"现在，你不必去管菲儿，也不必管紫罗兰……安妮……"

吉鲁伯特紧紧抓住安妮的手。安妮慌张地想抽回她的手，但她却心有余而力不足。

"安妮，我有很重要的话要对你说。"

"噢……请你别说！"安妮诚恳地要求，"你千万别说！吉鲁伯特——算我拜托你！"

"不说不行！我再也不能忍受目前的状态了！安妮，我一直都爱着你。相信你也非常清楚。我实在形容不出我爱你有多深——你能够答应我，将来嫁给我吗？"

"这个——我……我……办不到啊！"安妮以一种近乎凄惨的声音说，"噢……吉鲁伯特……你……你……你把一切都搞砸啦！"

"难道你对我完全没有好感吗？"在一阵可怕的沉默之后，

吉鲁伯特如此问她。

在那段时间里，安妮始终没有抬头看他的勇气。

"嗯……如果以朋友的关系来说的话，我对你非常有好感。不过，吉鲁伯特，我并不知道自己是否爱你呀！"

"那么，到了有一天，你会对我产生好感吗？我能不能存着这种希望？""请不必费神，没有用的，"安妮拼命地叫嚷着，"吉鲁伯特，我绝对不可能爱你，请你别再说这种话！"

又是一阵漫长的沉默——因为太长，所以叫安妮感到害怕，使得安妮不得不抬起头来。原来，吉鲁伯特的脸孔和嘴唇都变得十分苍白。

"你另外有男朋友吗？"吉鲁伯特以低沉的声音问。

"哪儿的话……我才没有什么男朋友呢……"安妮急切否认说，"关于那方面，我不曾对任何男子抱持着好意——不过，以朋友的立场来说，我比任何人都喜欢你。吉鲁伯特，我俩就继续保持朋友的关系吧！"

吉鲁伯特淡淡地苦笑了起来。

"朋友吗？你的友情不能叫我感到满足，安妮。我要的是你的爱情——但是，你却说我永远得不到它，对吗？"

"真抱歉，你就原谅我吧，吉鲁伯特！"安妮只能说出这句话。天哪！那些安妮准备用来拒婚的——又高雅又得体的文句，曾几何时，已经溜到天外去啦！

吉鲁伯特轻轻地放下安妮的手说："不必说抱歉。有时，我自以为你对我有好感，原来这只是我的幻想在作祟！就这样吧。

再见了，安妮。"

安妮回到了自己的房间，坐在松树后面的窗边，哭了起来。安妮的内心感到惆怅，仿佛是失去了自己生命中最贵重的东西——那也就是吉鲁伯特的友情。天哪！它为何必须以这种方式消失呢？

"安妮，你怎么啦？"菲儿进入月光照耀下的幽暗房间。

安妮并没有答腔。在那一瞬间，安妮真希望菲儿离她远远的。"你一定是拒绝了吉鲁伯特的求婚，对不对？你实在是笨得可笑，安妮·雪莉！"

"拒绝自己不爱的人的求婚，难道也算愚笨？"因为无法下台，安妮只好冷冷地说出这句话。

"我说你呀！实在不懂得珍惜眼前的那份爱呢！你只会凭自己的幻想，编织出自己所谓的爱，而把它跟真正的爱混淆在一起。咦？这是我有生以来，第一次说出通情达理的话。真邪门，我是如何办到的呢？"

"菲儿，拜托你就回到你的房间，让我一个人在此好好想一想吧！"安妮苦苦地要求，"我的世界已经粉碎啦！我必须把它重建起来。"

"重建起没有吉鲁伯特的世界吗？"菲儿一边走，一边说。

没有吉鲁伯特的世界！安妮咀嚼着这句话的含义。难道没有了吉鲁伯特的世界，将变得寂寞难耐吗？这件事情还不是吉鲁伯特所造成的？要怪就怪吉鲁伯特吧！因为他把他俩之间的美好友谊破坏殆尽了。

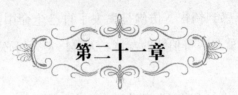

第二十一章

昨日的玫瑰

安妮在波林布洛克度过的两个星期，实在叫她称心满意。不过，每逢想到吉鲁伯特时，心坎里就会闪过一抹难以言表的痛苦，以及不满。但是，毕竟想到吉鲁伯特的时间并不多。颇有来历的豪华哥顿家族的——蒙特赫利庄，集满了菲儿的男女朋友，从早到晚充满爽朗的笑声。

一连串的游乐节目——跳舞、野餐、划船、驱马车兜风……叫人感到乐不可支。而且，不管在何种游乐节目中，亚兰索和亚力克都不会缺席。他俩都具有十足的男子汉气概，给安妮留下了不错的印象。不过，安妮始终不曾说出批评性的言语，暗示哪一个更适合菲儿。

"因为，我拿不定主意跟哪一个订婚比较好，所以在等待你的意见呀！"菲儿长叹了一口气。

"菲儿，这个问题应该由你自己做决定呀！你平常不是最会说——谁跟谁搭配最恰当，什么人跟什么人结成一对最合适

吗？我看，你一向最擅长这方面的事儿呢！"安妮以揶揄的口
吻说。

"噢……那是旁观者清呀！"菲儿也不甘示弱。

不过对安妮来说，滞留在波林布洛克期间，最具纪念性的
一件事情，不外乎是探访她的出生地，也就是安妮在梦里描绘
的穷乡僻壤中的黄色小屋。当安妮和菲儿一起钻过矮门儿时，
她高兴得频频东张西望。

"天哪！几乎跟我想象的一模一样哩！虽然窗子不曾爬上忍
冬花，但是大门旁确实有遍开的紫丁香——而且啊，玻璃窗附
有薄毛布的窗帘呢！房子至今仍然保留着鹅黄色，叫人看了欣
喜万分。"

一个高瘦的妇女来开门。

"是啊！雪莉夫妇在二十年前就住在这儿，"高瘦的女人告
诉安妮，"这栋房子是租来的。我仍然很清楚地记得那俩口子。
真是太可怜啦！夫妇俩都患热病死了。留下那个十分瘦弱的婴
儿，被汤马斯太太带走了。天晓得，她自己就有一大堆孩子
咧！恐怕那婴儿已不在人世了吧？"

"伯母，那婴儿并没有死呢！"安妮微笑着说，"我就是那
个婴儿！"

"噢……老天哪！你都长大成人了！"那妇女大声叫嚷起来，
仿佛惊讶于安妮不再是婴儿。

"噢！你到这儿来，让我仔细地瞧瞧你。哟！你的面孔跟你
爸爸的一模一样！你爸爸就长着满头红发呢！不过，你的眼睛

跟鼻子……简直是你妈妈的翻版嘛！你的母亲长得很标致。我女儿就是你妈妈的学生，她疯狂地爱看你的母亲。你的父母被埋葬在一起。你的父母教学很认真，为了答谢他俩，学校的理事会为他俩造了墓。啊！不要站着啦！你们进来坐坐。"

"我能够在房里到处看看吗？"安妮热切要求。

"嗯，只要你喜欢，到处参观吧！其实也没啥东西可以看啦！客厅就在那儿，楼上还有两个房间。东侧的房间就是你出生的地方。我记得很清楚，你母亲一向最喜欢看日出。你出生时，你母亲第一个看到照在你脸上的阳光呢！"

安妮爬上狭窄的楼梯，怀着难以平静的心情，走进了东侧的小房间。对于安妮来说，那地方就等于神圣的殿堂。在那儿，她的母亲想着不久将出生的婴儿，描绘着无限的幸福之梦。新生命诞生的神圣时刻，温暖的阳光照射着母女俩，不久以后，母亲就在此地与世长辞。

安妮以一双模糊的泪眼，无限眷恋地瞧了瞧四周。对安妮来说，这就仿佛在记忆里镶了宝石一般，在那一瞬间，闪耀出了叫她永生难忘的光辉。

"噢……想想看……母亲生我时，比现在的我还年轻呢！"安妮如此嗫嚅着。

安妮下楼时，那家主妇正在客厅迎接她，并拿出了一个系着青色缎带的蒙尘小布包。

"我们搬到这里时，在楼上的壁橱里发现了这些信件。我们并没有看信件的内容，不过，信封上面的收信人是——芭

莎·威利斯小姐。这是你母亲少女时代的名字。你需要的话，就拿回去吧！"

"哦！真是太谢谢你啦！太谢谢你啦！"安妮欢天喜地地抱着那些信件，兴奋地叫了起来。

"你父母就只留下了那些信件。家具都卖了充当医药费。至于你母亲的衣服和琐碎物品，都由汤马斯太太搬走了。那些东西一旦落在汤马斯那群小鬼的手上，恐怕早就被毁坏殆尽啦！"

"我身边连一件母亲的遗物都没有，"安妮呜咽着说，"你给了我这些信件，我真不知如何感谢你才好。"

"那是小事一桩，不值得一提。唉……你的眼睛就跟你母亲的一模一样，就连你讲话时的神情也太像她啦！你的父亲嘛……虽然外貌并不出众，但是为人很好。他俩结婚时，大伙儿都说，从来不曾看到那样恩爱的夫妇呢！唉！这么一对夫妇竟然这么仓促地走完了人生旅程。不过话又说回来了，他俩活着的时候，看起来是那么的幸福，那么的恩爱，这一点比什么都重要。"

安妮很想早早回去，好好看一下贵重的信件，但是在这以前，她必须了却一番心愿。她一个人踽踽地走到父母葬身处的坟场，跪在长满青苔的坟头缅怀追思，再把一些素白的鲜花供在坟前。

安妮回到蒙特赫利庄后，立刻把自己深锁在房间里面，开始阅读父母的遗稿。总共有六封。那是因为母亲跟父亲在订婚期间，两人始终不曾离开得很远。那些信件都已泛黄而褪色，又因为时隔二十年，有些字迹已经不太清晰，不过，仍然能够看出满纸的爱和信赖。

虽然他俩的爱情已和时光一块儿流逝，但是从字里行间，还是可以嗅出他俩彼此关爱、互相体恤的气息。芭莎具有写作方面的才能，虽然时过境迁，但那些美妙与隽永的言词、超俗的思想，仍然能够凸显出她美好的个性。那些信函包含着亲密和浓得化不开的爱情，在安妮看来，显得特别神圣。

其中，最叫安妮感到怀念的，是在安妮生下来以后，芭莎给小别的丈夫的信函。那一封信可以称之为"婴儿"的报告书。因为，里面洋溢着年轻母亲骄傲的字眼——她举了很多婴儿的优点。例如：婴儿有多么伶俐、多么的吸引人、多么的活泼等。

"我认为小安妮睡觉时，最惹人疼惜。不过，她睁开眼睛时更惹人疼爱呢！"芭莎如此写着。或许，这是芭莎写的最后一封信吧？因为在那时，死神已经逼近她了。

"今天是我生命中最为美好的日子，"那一夜，安妮对菲儿说，"因为，我发现了自己的父母。正因为看到了那些书信，他俩就变成了实际存在过的人。从今以后，我不再是孤儿了。我现在的心情……恰如一个人打开了书本，发现昨天盛开过的玫瑰，正夹在书页里一般……"

第二十二章

安妮回到绿色屋顶之家

　　暖暖的火影，正在绿色屋顶之家的厨房墙壁上跳跃。虽然已是春天，但是在日落黄昏时，寒气仍然咄咄逼人。打开东边窗户，几种夜间美妙的音韵悄悄闯了进来。玛莉娜就坐在暖炉边——至少，她的身体正坐在那儿，虽然内心早已徜徉在天边。最近，玛莉娜即使是在编织双胞胎的毛衣时，也总是一副心不在焉的样子。

　　"毕竟我也老了！"玛莉娜自言自语地说着。

　　事实上，在这九年里，玛莉娜并没有太大的改变。只是她的脸比以前消瘦而带些棱角，头发白了少许——她的头发仍旧梳成一个圆圆的发髻，还是使用两支发针固定起来。但是，她的表情却有了很大的改变。本来，她的嘴角就带着笑意，如今，这种气息更为浓烈了。她的双眼显得更和蔼可亲，微笑时都会叫人想到慈母。

　　玛莉娜回顾着自己走过的岁月。孩提时代，虽然穷苦了一

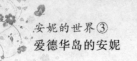

些，但是算不上不幸的境地。少女时代经历了对美梦的憧憬，以及希望的受挫。接下来是一大段单调、灰色、缺乏活力的中年时代。

九年前，安妮来到了绿色屋顶之家——因为想象力丰富，坐拥幻想世界，内心充满了爱。生性冲动的小安妮，给绿色屋顶之家带来温暖、斑斓的色彩，以及夺目的光辉，使得她荒野般的人生，犹如玫瑰一般璀璨了起来。

玛莉娜感觉到她六十年的生涯中，真正有意义地活着的时间，就是安妮出现以来的这九个年头。而这个安妮，明晚就要回来了。

厨房的门儿被打开了。玛莉娜以为是林顿夫人而抬起头来。想不到出现在她眼前的却是高挑的安妮。她的一双眼睛犹如寒星般发出光辉，两手环抱着一大堆紫罗兰和山楂子。

"安妮！"玛莉娜兴奋地叫喊起来。

由于过度惊讶，玛莉娜有生以来第一次失去了自制，把安妮连同花儿，紧紧地拥抱了起来，再万分高兴地吻了她的面孔和光泽闪闪的头发。

"我以为你明天才回家呢！你如何从卡摩迪回来的呢？"

"我徒步走回来的呀！亲爱的玛莉娜！以前我在皇后学院读书的时候，不就时常徒步回家吗？明天，邮差就会把我的行李送回来。因为我好想家，所以提早一天回来了！啊！五月的黄昏好美，我就一边欣赏着景色，一边走回家。到了那一片贫瘠的耕地，我顺便摘了一把山楂子。当我走到紫罗兰之谷时，竟看到满山遍野的紫罗兰！蓝得好可爱的紫罗兰。玛莉娜！你闻闻。"

玛莉娜顺着安妮的意闻了闻。事实上，玛莉娜对安妮的兴趣，远远超过了紫罗兰。

"安妮，你坐下来吧！你一定很疲倦了吧？我这就去端吃的来。"

"玛莉娜，今夜皎洁的月儿从山后爬上来了呢！而且，从卡摩迪开始，青蛙就唱着歌儿欢迎我哩！我一向最喜欢青蛙演奏的音乐。因为，它使我想起了来到此地的那个夜晚。玛莉娜，你还记得那个夜晚吗？"

"我当然记得啰！"玛莉娜说，"我怎会忘记呢？"

"那晚，青蛙们在沼泽或者小河里，如疯了一般大唱特唱。在一片黑暗中，我斜靠在房间的窗户边，聆听着它们的大合唱。对于它们同时能够唱出悲喜交加的歌儿，我感觉到非常不可思议。雷蒙学院和波林布洛克固然叫人感到又新鲜又好玩——不过，绿色屋顶之家才是叫我永久眷恋的家园啊！"

"这个夏季，吉鲁伯特不回来吗？"玛莉娜问。

"嗯……他不回来啦！"

安妮说话的口吻，叫玛莉娜感到不对劲，以致想看看她的表情，但是，安妮背对着她，一心一意地在插那些紫罗兰。

"吉鲁伯特考得怎样啊？"玛莉娜在追问。

"他考得非常好呢！考了个全班第一名。玛莉娜，林顿伯母和双胞胎到哪儿去啦？"

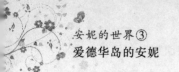

"蕾洁跟多拉到哈里森先生家去了，德威去找波尔家的米鲁帝了。哦，他好像回来啦！"

德威跑进屋里，看到安妮时，顿时停住脚步，欢喜地叫了一声，接着，扑到安妮身上说："安妮姐姐，我好高兴你回来！姐姐，从去年秋天到现在，我又长高了两寸呢！今天，林顿阿姨用布尺替我量的哩！安妮姐姐，你瞧瞧我的门牙儿，它掉了呢！林顿阿姨把丝线的一端绑在我的牙齿上，另一端绑在门上面，再把门关起来，就这样，门牙儿掉下来啦！我以两分钱的价格把牙卖给了米鲁帝。因为，他正在收集牙齿呢！"

"米鲁帝干吗向你买牙齿？"玛莉娜问。

"他要做酋长的首饰嘛！"德威爬到了安妮的大腿上，"他已经收集了十五颗。而且，他已经跟所有的同学约好了，不管是什么人换牙，都得把牙齿卖给他！米鲁帝真会做生意呢！"

"你在他家时，有没有很乖呀？"

"嗯……不过……玛莉娜阿姨，对做好孩子我已经感到厌倦了！"

"做坏孩子的话，更容易叫人感到厌倦呢！"安妮说。

"但是正在搞恶作剧时，叫人感到非常愉快呀！况且在事后，只要赔罪就行了。"

"德威，你的观念错啦！当你做了坏事以后，那种结果将根深蒂固地盘踞在你的内心，一辈子也消除不了的！你忘记了吗？去年你故意不到主日学校那一天，不是对我说过，做坏事会叫人感到良心不安吗？德威，你今天跟米鲁帝干了什么事儿啦？"

"噢……我们去钓鱼，追赶猫，到树上找鸟蛋，再对着回声仙子大声吆喝。安妮姐姐，所谓的'回声仙子'是什么玩意呀？我好想知道呢！"

"所谓的回声仙子嘛……不外乎是长相很美的妖精。德威，她就住在遥远的森林里面。她时常躲在山丘之间，嘲笑这个世界呢！"

"她的长相又如何呢？"

"她的头发和眼睛是黑色的。不过，脸和手儿白得像雪。至于她有多美嘛……因为很少有人看见过她，我也不便做仔细的描述。我们普遍所能够知道的一件事，只是她那种揶揄似的声音！一到了夜晚，我们就能够听到回声仙子呼叫的声音，偶尔也可以听到她在星空下嘲笑这个人世。很遗憾，我们很难看到她。我们追赶她时，她就会一下子溜到很远的地方，然后，就躲在邻近的山丘嘲笑我们。"

"安妮姐姐，这是真的吗？该不会是你瞎讲的吧？"德威睁大眼睛问。

安妮一时愕然："德威，你难道还没有具备区分故事和谎言的判断力吗？好吧，到了你年纪大一些以后，安妮姐姐再告诉你。"

由于安妮提出了年纪两个字，德威沉默了一会儿以后，又正经八百地问安妮。

"安妮姐姐，我想结婚。"

"什么时候？"安妮也正经八百地问。

"噢……当然是成年以后啊！"

"啊……那我就放心啦！德威，你未来的夫人是谁呀？"

"就是跟我同班的史蒂拉·佛蕾洁呀！安妮姐姐，我相信你不曾见过像她那样的美人儿。如果我在未成年以前死了的话，那就麻烦姐姐看好佛蕾洁，别让她有红杏出墙的机会。"

"德威·基思，你别再讲傻话啦！"玛莉娜以严厉的口吻说。

"这绝对不是傻话！"德威抗议说，"佛蕾洁是我未来的老婆呀！所以我死了以后，她不就是我未来的寡妇吗？既然如此，她就得为我守节呀！"

"安妮，你快来吃晚餐吧！"玛莉娜说，"别听那孩子胡扯了。"

第二十三章

回声山庄的假期

　　在那个夏季里，安妮在艾凡利过得相当快乐。不过，安妮虽然受到种种欢乐的包围，但是在内心里，总有一种抹不掉的怅然的感觉。然而安妮始终不承认，这种念头的来源，在于吉鲁伯特不在她身边。

　　在祈祷会和改善会等的集会以后，眼看着黛安娜与弗雷德等人，成双成对地在星空下散步，一种难以言表的寂寞感，时时勒紧安妮的心胸。安妮时常在心底埋怨着——吉鲁伯特连一封信也不舍得寄给我呢！

　　因为安妮知道，黛安娜偶尔会收到吉鲁伯特的信函。只是，安妮不想问黛安娜有关吉鲁伯特的近况，而黛安娜也以为吉鲁伯特时常写信给安妮，当然也就没有向安妮提起信函里面的内容。

　　吉鲁伯特的母亲为人爽朗、率直，完全没有心机。她时常当着众人的面，大声地问安妮吉鲁伯特写信给她没有。每当这时，安妮就会满面飞霞，小声回答一句："最近很少收到他的来

信……"听到这种回答，包括布莱斯夫人在内的所有人，一致都认为——那不过是安妮感到害臊才这样说的。

除了这一点，安妮仍然度过了愉快的夏天。六月间，普莉西拉来访。七、八月之间，艾宾夫妇、保罗以及乔洛达四世回乡。

回声山庄再度充满了蓬勃之气，河流对面的回声仙子，不断地仿效古老庭院里的笑声。

拉宾达小姐显得比以前更温柔、更标致了。除了这两个特点，她并没有多大的变化。保罗很崇拜拉宾达小姐，不过，他对安妮说："只有一点我永远办不到，那就是——称呼拉宾达小姐为'母亲'。因为这个称呼永远属于我的亲生母亲，我绝对不能把它让给任何人。老师，你一定懂得我的意思，因此我称呼爸爸的新夫人为'拉宾达妈妈'。除了父亲，我最爱拉宾达妈妈，几乎……几乎……超过我爱老师的心呢……"

"那是天经地义的事。"安妮说。

保罗今年已经十三岁了，以他的年龄来说，他的个儿是高了一点儿。他的脸蛋儿和眼睛，仍然俊美如昔，他的幻想依然犹如棱镜一般，把所有的东西分解为彩虹般的色彩。现在的保罗正跟着安妮在海边、森林以及原野徜徉，像他俩一样的"同类"，就算是打灯笼也很难找到呢！

乔洛达四世犹如绽开的花儿，蜕变成了一个年轻的女人。如今，她在头顶扎一个高高的髻，再也不系昔日的青色蝴蝶结了。不过，她的脸上仍然像撒了芝麻一般，长满了雀斑，鼻子

还是狮子鼻，一旦笑起来，嘴儿就会裂到耳朵旁。

"安妮小姐，你认为我说话时有浓浓的美国北佬的口音吗？"乔洛达四世忧心忡忡地问。

"哪儿的话。根本就没有美国北佬的腔调啊！"

"听你这么说，我就放心啦！我家里的人都异口同声地说，我一旦开口就有美国北佬的口音，直叫我气得七窍生烟咧！因为，我一向不喜欢美国北佬。虽然他们的文化水平比咱们高，但我还是比较喜欢故乡爱德华王子岛。"

最初的两个星期，保罗在艾凡利的奶奶家度过。有一天，安妮到艾宾老太太家看保罗时，碰到保罗失魂落魄地从海岸回家。

"保罗，你不曾找到那些岩岸边的人吗？"

经安妮如此一问，保罗很悲哀地摇摇头说："双胞胎水手和黄金美女根本就不来啦！诺拉还在——不过，她根本就不是以前的模样了！老师，她变了呢！"

"噢……保罗，变的人是你呀！对那些岸边的人们来说，你已经长大啦！他们哪！只喜欢跟小孩子玩耍。我想——双胞胎水手再也不会开着月光的帆船，到你跟前了吧？甚至黄金美女也不会为你弹奏竖琴啦！就连诺拉也不可能再来看你呢！因为你已经长大了呀。保罗，你得撇下故事里的王国，奔向你的前程啦！"

"你俩啊，又在说那些疯言疯语，对不对？"艾宾老夫人一半责备一半爱怜地说。

"噢……没有那种事啦，"安妮摇摇头，语重心长地说，

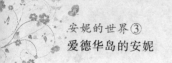

"我俩感到非常遗憾，因为我们都变得出乎意料的聪明。一旦知晓语言是为了隐藏我们的思想而存在时，我们就会感到非常悲哀。"

"你说错啦！语言是为了我们传递思想而存在的呀！"艾宾老夫人一本正经地说。她并没有察觉到那是一句充满讽刺的话儿。

在金黄色的八月里，安妮在回声山庄度过了平静的两个星期。这期间，安妮很偶然地——对催促鲁多毕克对迪奥多拉的求婚，有了一个不可抹灭的功劳。

"安妮，你跟吉鲁伯特仍然是亲密的朋友吗？"拉宾达小姐心平气和地问。

"是啊，我们仍然是好朋友。"

拉宾达小姐摇摇头说："安妮，我感觉有些不对劲。你俩是不是吵架啦？""没有啊。只是，吉鲁伯特要求友情以外的东西，而我不能给他。"

"安妮，你说的话是真的吗？"

"当然是真的呀！"

"我感到非常遗憾。"

"为什么每个人都认为我应该嫁给吉鲁伯特呢？"安妮闹起了别扭。

"那是因为你俩是天生的一对呀！天下没有比吉鲁伯特更适合你的人啦！你不要把头儿抬得高高的，表示不服气！因为那是不争的事实——只是……你还是太年轻，不懂得这一点罢了。"

第二十四章

牧师乔纳斯

八月二十日，在普洛斯贝多海角。

"给最后加个e字的安妮(Anne)——"菲儿终于寄信给安妮——

在给你写信的时间内，我不得不勉强地打开我的眼皮，天哪！我实在困极了！昨天晚上，我和亲戚爱美娜去拜访她的邻居，刚巧有好几位客人在堂上高谈阔论。天晓得，当他们回去以后，那一家的太太跟她的三个女儿，竟然把客人贬得一文不值，实在叫人感到哑然！我在想——当我跟爱美娜告辞以后，她们极可能会拼命地"损"我俩呢。

回到家以后，李莉夫人对我说，刚才我们去拜访的那个家庭，正好有一个少年罹患了猩红热而卧床。说出来也不怕你笑话，我生平最害怕猩红热。一想起自己可能被传染以后，我辗转难眠，但是在似睡非睡的那一段时间内，我却做了一场可怕的梦。待三点钟我惊醒过来时，发现自己果然发了高烧，喉咙疼痛欲裂。我拿来爱美娜的《医疗百科》一瞧——所有猩红热的征兆我都齐备呢！心想，这一次必定活不成啦！于是我豁出去，不管三七二十一，一倒下来就睡着了。万万料想不到，第二天早晨我醒过来后，"病"却痊愈了。原来，根本就不是猩红热嘛！

或许你会问，我到普洛斯贝多海角干吗去？因为到了每年的夏季，我都喜欢到海岸度假。父亲就介绍我到高级寄宿之家住。因为女主人爱美娜正是我父亲拐弯抹角的表妹，所以两个星期前我就来了。

下了火车，麦克伯伯开着一辆老旧的马车来接我。麦克伯伯是一位令人颇有好感的老爷子。他从自己的口袋里抓了一把水果糖给我，可是我根本就不敢吃咧！因为那一把水果糖里面掺杂着一些生锈的钉子，以及一些乱七八糟的玩意儿。但是我不想伤害麦克伯伯的一片好意，所以趁着麦克伯伯不注意的时候，一个接一个地，把水果糖抛到马车外面。待我抛掉最后一颗水果糖时，麦克伯伯竟指责我说："你这孩子，怎么一口气就吃掉那么多糖呢？如果吃坏了肚子，我如何向爱美娜交代呀！"

爱美娜家的寄宿者，除了我，还有五个人——四个老妇人和一个青年男子。

坐在餐桌旁时，我的右边是李莉夫人。这个老婆婆喜欢把自己的所有疾病、苦痛，以及不如意的事，犹如流水一般细说出来，然后，好似自得其乐地开怀大笑，实在叫人感到不是滋

味呢！

坐在我左边的是费妮夫人。她说话时，无论在何时都带着长吁短叹，好似就要哇哇哭出来。对她来说，人生是泪水浇出来的。不仅从来不笑，甚至认为微笑是一件轻薄的事儿呢！

葛莉丝毕夫人坐在我的斜对面。刚来的那一天，我对她说——老天爷为何不放晴呢？她看了我一会儿，接着哈哈大笑起来。我对她说——火车站通到此地的道路很干净、漂亮时，她又是一阵哈哈大笑。我暗自在想——如果我对她说我的父亲上吊、母亲服毒、兄长银铐入狱、我又处于肺病末期的话，她还是会那样笑出来的。她好像专门为了笑而被生出来，说起来也挺悲惨、挺恐怖呢！

第四个老妇人是克兰多夫人。她是禀性很温和的老年人。因为她对每个人都称赞，所以听她说话味同嚼蜡。

坐在我对面的人是一名男青年，名字叫乔纳斯。他仿佛在婴儿时代就认识我一般，第一天看到我就一直在傻笑。他是来自圣·哥伦比亚的神职人员，在这个夏季，将在普洛斯贝多的教会说教。

乔纳斯是一个其貌不扬的青年。他的一双腿长得离谱，身躯巨大而松弛。头发不卷，亚麻色，双眼为惨绿色，嘴巴咧到耳朵，至于他的耳朵嘛……唉……不提也罢。

不过他的声音非常悦耳。如果闭着眼睛听他声音的话，任何人都会认为他长得"很棒"，的确，他的内心与气质是很棒的。这一点，我可以保证。

　　我俩很快就要好了起来。当然啦，这跟乔纳斯是雷蒙的毕业生多少有点关系。我俩坐在河边一起垂钓，一块儿划船，在月光下的海滩上散步。在月光下，他看起来并不那么丑陋，甚至有那么一点儿帅哥的味道呢！

　　不知道怎么搞的，我很不喜欢乔纳斯认为我浅薄。安妮，你是否认为有点儿邪门呢？对于这个头发为亚麻色，我素昧平生的人，我为何会对他耿耿于怀呢？

　　上个星期天，乔纳斯在村子里的教会说教。当然，我也去了。我实在不敢相信他将成为一名牧师。但是，他还是上台说教了呢！在他说教还不到十分钟的时候，我突然感到自己又藐小又无足轻重。因为，乔纳斯始终不提起女人家的事情，更吝于瞧我一眼。在那时，我就深感到自己是何等的轻薄，何等的愚痴以及气量是何等的狭窄。我暗自在想，乔纳斯理想中的女人，必定是胸怀开阔而气量宏大的人。乔纳斯认真、温和而诚实，可说备足了当一名牧师的条件。

　　他的说教非常动人，就是永久听下去，也不会叫人感到烦厌。

　　在回家的路上，乔纳斯快步追上了我，快活地对我傻笑。不过，任凭他如何傻笑，他也欺骗不了我呢！因为我已经看过了他的真面目。至于乔纳斯呢？他是不可能看到真正的菲儿的！就以你——安妮·雪莉来说，你也不曾看到我的真面目呢！

　　我就对他说："乔纳斯，你是天生的牧师，你不适合从事其他工作。"

"是啊，我实在不适合从事其他的工作，"乔纳斯也认真地说，"我好几次试过别的工作，因为我并不喜欢当牧师，不过始终没有成功。看来，我只好在万能的神的帮助之下，从事牧师的工作啰！"

乔纳斯的声音很虔诚。我认为他对能够胜任牧师的工作一定很愉快。我也认为靠着天赋的资质，以及后天的训练，能够协助乔纳斯工作的女人，一定能够感受到很大的幸福。这个女人绝对不可能是轻薄的人。她知道何时该戴哪顶帽子，就算她只有一顶帽子也没关系，因为她拥有乔纳斯啊！

安妮·雪莉，我郑重地警告你，你绝对不能到处宣扬说我跟乔纳斯坠入情网。就是只在脑袋里想想，我也不允许！难道我堂堂一个富家千金，会爱上头发笔直、家境贫穷、长得其貌不扬的神职学生？门儿都没有！

好好休息吧！

菲儿

再启：

不可能有那种事儿啦！不过我正感到忐忑不安，这件事，很可能是事实哦。我一向生活得很幸福，如今却是心惊肉跳，感到非常非常害怕呢！我心里非常清楚，乔纳斯绝对不可能爱上我。安妮，你认为我能够成为牧师的老婆吗？你认为我能够在大众跟前祈祷吗？

第二十五章

安妮的白马王子

　　"我正在想待在室内好，还是到户外去好！"安妮从芭蒂之家的窗口，遥望着公园里的松树。"姬茵西娜阿姨，今天下午我什么也不做，想悠闲地把时间打发过去。您瞧！暖炉的火正在熊熊地燃烧着，盘子上面装满令人垂涎欲滴的苹果，三只猫儿风情万种地坐在暖炉前面，两只陶土做的狗儿，仿佛正在抽动绿色的鼻子！姬茵西娜阿姨，你认为我留下来陪伴它们好呢，还是到公园里徜徉比较好？公园里有灰色的森林，灰色的海浪正在拍打港口的岩岸呢！"

　　"如果我只有你的年纪，我会选择公园。"

　　"好吧！那我就到公园溜一圈，"安妮以不沉着的口吻说，"今天，我不怎么想沉浸在乐融融的家庭气氛里面。我就暂时恢复野性，自由自在地奔跑吧！公园里空荡荡的，一个人影都没有呢！"

　　"安妮你就去呼吸一些新鲜的空气吧！"姬茵西娜阿姨说，

"不过，别忘了带雨伞喔！不久以后就会下雨了。因为，我的腿风湿痛又犯了。"

那是十一月——大红色的夕阳，一群又一群飞走的候鸟，海浪奏起了悲切的赞歌，松风和煦地吹着……一切的一切都在显示着冬天就要来临了。安妮在松树下的小径慢慢踱步，尽量让松风吹散她心中的愁雾。自从为了修习三年级的学分，回到雷蒙学院以后，不知怎的，所谓的人生，再也不能以原先那种磊落，以及清水一般的透明，反映出安妮的气概。

乍看之下，芭蒂之家的生活跟以前没有两样，工作、读书，以及娱乐仍旧照常进行。到了星期五的黄昏，暖炉之火照耀下的客厅，挤满了访客，笑谈声不断。菲儿在信里提起的乔纳斯时常光临。他从圣·哥伦比亚搭头一班火车来，然后，再搭最后一班火车回去。芭蒂之家的人都很喜欢他。唯独姬茵西娜阿姨摇摇头说："现在的神职学生跟昔日差得远啦！菲儿，他的确是好人，不过身为牧师的男人，行为举止应该更威严、更稳重才是。"

"我说菲儿啊！乔纳斯并非亚力克、亚兰索之辈，"史蒂拉很严肃地提醒菲儿说，"他可是一个又正经又正派的人。你千万别叫他感到痛心疾首才好。"

"你认为我能够叫他感到痛心疾首吗？我有那样了不起吗？"

"菲莉芭·哥顿！我做梦也想不到你是如此薄情寡义的人！你竟然以让男人痛心疾首为傲，你呀！亏你还说得出口！"

"史蒂拉，你别冤枉我！我根本就没有那种意思。我只是

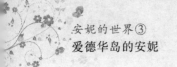

说——一想到自己能使男人感到痛心疾首，那实在是一件了不起的事！我只是高兴自己拥有那种能耐！"

"菲儿，我实在不理解你。难道你是在玩弄乔纳斯？"

"哪儿的话，我诚恳地希望他能够向我求婚。"菲儿冷静地回答。

"我实在拿你没办法！"史蒂拉放弃了争论。

吉鲁伯特在星期五夜晚，偶尔也会来访。他仍然神采飞扬地畅谈欢笑，但是仍然坚决维持自己的立场。他并不刻意地去避开安妮，碰到非面对面不可时，他就仿佛对待一位新朋友一样，采取很礼貌周到的态度，往昔那种诚恳真挚的感情，曾几何时，已如云烟般消失了。

不过，如果这些态度意味着吉鲁伯特放弃这份感情的话，这何尝不是一件好事——安妮如此安慰自己。因为在今年的四月，安妮在果树园严重伤害了吉鲁伯特的感情。

不可讳言地，有不少男士企图占据吉鲁伯特留下来的空位，但是安妮都以超然的态度拒绝了他们。纵然安妮真正心仪的俊美王子不出现，她也不屑以代用品替代。在风萧云密的公园里，安妮如此告诫自己。

骤然地，犹如姬茵西娜阿姨所预言的，粗大的雨点，哗啦哗啦地降下来。在港边街道上，安妮打开来的雨伞，突然被一阵疾风打翻，开了一朵好大的"伞花"。

安妮惊骇失色，牢牢地抓住雨伞。就在这时，她的身旁响起了一阵声音——

"小姐，如果你不介意的话，请到我的雨伞里面来吧！"

安妮抬起了她的脸。噢……他的个儿挺高，眉清目秀，属于俊秀型的容貌——双眼又黑又深邃，眼神给人一种高深莫测的感觉——声音富于韵律美，充满了体恤与关怀——嗯，这不就是安妮梦中的白马王子吗？想不到，他正在她眼前！就是专门去订制，也不可能跟安妮幻想的如此吻合啊！

"谢谢你啦！"安妮的心如小鹿般乱跳。

"我们最好躲到那海角的小帐篷里，"陌生男子说，"我们就到那儿去避一避这场骤雨吧。这样的倾盆大雨，不至于下太久的。"

这句话很平凡，并没有特殊的地方。但他说话的语气……却非常能够打动任何少女的心弦！而且附带的那种撩人的微笑！安妮感到她的一颗心，就要从嘴里跳出来了。

他俩一块儿奔进帐篷里面，一边喘着气，一边坐了下来。

安妮一边笑着，一边举起了自己不牢靠的雨伞。"当雨伞翻开来的时候，我才体会到没有生命的东西，原来这么不牢靠。"安妮满脸欢欣，却说出了这种跟场面格格不入的话。

雨点在安妮光泽的头发上闪闪发光，稍微蓬乱的头发，在脖子以及额头一带，形成了很多漩涡一般的卷曲。她的双颊泛着红霞，眼睛很大，蓊蓊双瞳恰如夜空里的星星。对方一直以迷恋的眼光凝视着安妮。安妮感觉到自己的脸红到了耳根。他到底是何许人物呢？咦？他的衣领上面别着白色与绯色的徽章呢！那可是雷蒙学院的标志啊。但是除了一年级以外，对于所

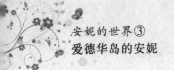

有雷蒙学生，安妮只要瞄一眼，就能够看出来。如此说来，这位殷勤的青年，绝对不可能是一年级的学生。

"咱们好像是同学，"那青年看着安妮的徽章微笑着说，"我是罗耶尔·卡多纳。想必你就是昨晚在研究会阅读论文的——雪莉小姐啰？"

"嗯……是我。可是，我完全不认识你呀！"安妮率直地说。

"两年前，我已经读完了雷蒙学院的二年级。然后就去了欧洲。如今，我又回到文学系，修习未完成的学分。"

"我也是三年级的学生呢！"

"那么，我俩就是同班同学喽？现在，对于浪费了的两年，我并不感到可惜呢……"罗耶尔迷人的眼睛盯着安妮，意味深长地说。

那场雨不停地下了将近一个小时。古苍白色的十一月阳光，倾斜地照射港口的松林时，安妮和那名护花使者踏上了归途。走到芭蒂之家时，他要求安妮给他拜访芭蒂之家的机会，想不到一下子就获得了允许。

安妮染红双颊，激动地回到屋里。拉斯帝爬上了安妮的大腿，企图撒娇。但是由于安妮一直沉缅在罗曼蒂克的气氛里面，它受到了空前的冷淡待遇。

那晚，一个写着"给雪莉小姐"的包裹，被送到芭蒂之家。原来，那是一打放在纸箱里面的艳丽玫瑰花。菲儿毫不客气地拿出一张卡片，大声地朗读赠花者的名字，以及引用的诗句。

"天哪！是罗耶尔·卡多纳！安妮，我们根本就不知道你认

识罗耶尔啊！”

“昨天下午，我在公园淋雨时碰到他的，”安妮慌张地解释道，“我的雨伞被吹翻啦！他叫我躲到他撑的雨伞里面……”

“哟！”菲儿充满了好奇心，凝视着安妮，“鬼才相信呢！为了那么平凡的理由，罗耶尔会送你一打玫瑰花？再附带一首情意绵绵的诗？而且你看到了罗耶尔的卡片后，脸顿时发红！安妮，你别狡辩啦！你的脸上已经写得清清楚楚了呢！”

“菲儿，你别再废话连篇啦！你认识罗耶尔吗？”

“在金斯伯德，几乎无人不晓呢！以诺伐·斯考西的居民来说，罗耶尔·卡多纳家是最富有也是最为贵族化的一族。两年前，罗耶尔的母亲生病，他只好放下大学学业，陪着母亲到欧洲静养。他的父亲很早就过世了。哇！安妮皇后万岁！你浑身洋溢着罗曼蒂克的气息呢！真令人羡慕！很可惜，罗耶尔并非乔纳斯。”

“你呀！尽是在说一些傻话！”安妮傲然地对菲儿说。

那一晚，安妮久久不能入眠。她一直睁着眼睛，描绘着自己的幻想。她认为那么做，远比梦乡中的任何幻影更具魅力。安妮的身边真的出现了真正的白马王子吗？每逢安妮想到那一对凝视她的幽邃双眸时，她就会认为很有这种可能……

第二十六章

克里斯廷初亮相

　　为了欢送四年级的毕业生，三年级的学生将在星期五举办一场欢送会。正因为如此，芭蒂之家的姑娘们正在刻意准备。安妮穿上了一件特别华丽的外套，很满足地站在镜子前面欣赏自己。

　　事实上，那只不过是一件附有薄纱上衣的奶油色外套！但是在圣诞节休假的那段时间内，菲儿在它上面做了很巧妙的刺绣，如此就浮现了很多玫瑰蓓蕾，摇身变成一件雷蒙少女最羡慕的衣服。就连一向到巴黎采购行头的艾丽斯，每当安妮提起衣摆爬上雷蒙的大楼梯时，都要以羡慕的眼光瞧一会儿呢！

　　安妮正在头上插一朵白兰花时，菲儿进到她的房里嚷了起来："安妮，今晚你实在美得出奇！在十次晚会里，大约有九次我的光芒都掩盖过你，但是到了第十次，你突然犹如一朵盛开的花儿，叫我黯然无光！"

　　"菲儿，那只不过是衣服漂亮啦！"

"哪儿的话，上周，你美如瑶池仙子时，身上只不过穿着林顿夫人缝制的青色家居服。如果罗耶尔还不曾为你神魂颠倒的话，今夜瞧见了你，必定也会变得如痴如醉。不过说句真心话，白色的兰花不适合你，因为它看起来过于热情，而且又傲慢……"

"好吧！那我就不要插它了。其实我也不喜欢兰花，它们是罗耶尔送来的。"

"今夜，乔纳斯也送了我粉红色的玫瑰花——不过，他本人并不来。因为，他必须前往贫民窟主持祈祷会呢！安妮，我非常担心乔纳斯并非真心爱我。所以我只有两条路可以走。一条路是身心俱疲地死去，另一条是取得文学学士的学位，变成一个思虑周到而对社会有益的人物。"

"菲儿，你成不了思虑周到而有益于社会大众的人物。依我看哪！你不如身心俱疲地死去呢！"

"薄情的家伙！"

"菲儿，你是傻丫头呢！乔纳斯分明爱你爱得死去活来……"

"不过，他始终未亲口对我说啊。正因如此，我没有预先准备组织新家庭的理由啊！例如——在餐巾上面刺绣，在桌巾四周镶边儿。这些工作，只能够在订婚后才能够进行呢！"

"菲儿，乔纳斯不敢贸然向你求婚是因为他贫穷，他不忍心你去过穷困的生活。"

"我也是这样想，"菲儿很悲伤地同意安妮的说法，"好吧！他不向我求婚，那就由我向他求婚好了。安妮，你知道吗？吉鲁伯特始终跟克里斯廷·史华德腻在一起呢！"

安妮本来正在把一条金链子戴到脖子上，听了菲儿所说的话，突然地，她的手指变得不灵活了起来，好久都不能把金链子戴好。

"是吗？"安妮说，"克里斯廷又是谁呀？"

"她是鲁纳德·史华德的妹妹，这个冬季，到金斯伯德学音乐。我还不曾看过她，据说是个美女呢！吉鲁伯特对她如痴如醉……你拒绝吉鲁伯特时，一度让我感到很愤慨。原来你眼中早就有了罗耶尔！你的选择是正确的。"

每逢朋友们说安妮已经决定跟罗耶尔结婚时，安妮都会面红耳赤，不过这时却大不相同啦！她立刻感到有一股无名怒火从内心升起，以致扬手打了可怜的拉斯帝，而且还吼叫着说："死猫！快从那块坐垫上下来！你为什么不睡在沙发上面呢？真是欠揍！"

安妮怒气冲冲地下楼，由罗耶尔护卫着，一路走向雷蒙学院。一路上，罗耶尔对安妮赞扬有加，但是安妮并没有像往常一样眉开眼笑，双颊罩上红霞，或者心跳加速。当安妮从女学生化妆室走出来时，脸色看起来格外苍白。但是两人并肩进入礼堂时，安妮的面孔突然光彩焕发，她以爽朗的笑容、可掬的态度对待罗耶尔。罗耶尔也以幽邃如黑天鹅绒般的眼神报以笑容。

原来，在礼堂那边的棕榈树下，吉鲁伯特和很可能是克里斯廷的女生，站在那儿谈笑风生呢！眼尖的安妮很快就察

觉到了。

的确，那个女生长得很漂亮，也很高大，皮肤为象牙色，有着一双暗青色的眼睛，头发又黑又有光泽。

"那个年轻姑娘拥有我所希求的一切条件……"安妮很悲伤地想着，"只差那么一点点……那就是她并不叫考德莉亚！不过话又说回来啦！她的身材比我逊色多啦！尤其是那鼻子……根本就称不上秀气嘛！"

想到此，安妮就感到心平气和了。

第二十七章

菲儿的终身大事

那年冬季的三月，恰如最柔顺的小羊儿一般地到来。在上午的时间里，通常是呈金黄色、爽朗，而寒气逼人的景象，到了下午以后，又有粉红色而冻人的黄昏接踵来临，旋即，黄昏就会消失在妖精一般的月光之国。

芭蒂之家的少女们，已经为了四月的考试，开始努力地用功，菲儿更显示了认真的态度，一直把自己埋没于教科书和讲义之间。

"我想争取数学的琼森奖学金，"菲儿很沉着地说，"如果是希腊文学的话，我能够很轻易地获得奖学金，至于数学嘛……我就不敢说啦！因为我要让乔纳斯知道菲儿的脑筋很灵光，所以决定要争取数学的奖学金。"

"菲儿，比起你深藏于卷发深处的头脑来，乔纳斯更爱你褐色的眼睛，以及撩人的微笑呢！"安妮如此揶揄菲儿。

"不跟你磨牙啦！我要到公园走走，"菲儿把书本堆到一旁说，"等到我八十岁时，我一定会庆幸今夜去公园里散步。"

"这到底意味着什么呢？"安妮问。

"安妮，你跟我一起来吧！我把一切都告诉你。"

她俩慢慢走着，一边品味着三月黄昏特有的神秘，以及魔术般的气息。在宁静而安详的黄昏里，一切显得似乎又辽阔又清净，又仿佛置身于幽鬼之境。虽然说是静默，只是用心灵的耳朵去聆听，仍然能够听到细微银铃一般的声音，散布于四周。

两个少女所踏行的松荫小径，仿佛一直通到冬天的天边晚霞。

"如果我懂得作诗的话，我就立刻回家振笔疾书，"菲儿在空旷的地方停止了脚步。玫瑰色的光辉把松梢染成漂亮的颜色。"此地很清净，那些葱郁的树木，好像在低头沉思。"

"森林是最初的神殿，"安妮轻声说道，"像这类场所，很容易引起虔诚和崇拜的念头。我在树间行走时，立刻会感觉到身边有神的存在。"

"安妮！我是全世界最幸福的少女！"菲儿对安妮开诚布公道。

"原来乔纳斯已经向你求婚啦！"安妮很沉着地说。

"是啊。在他求婚的时候，我打了三次喷嚏。这实在是一件叫人感到很扫兴的事。不过，乔纳斯还没说完，我就回答'我答应你！'——因为我害怕乔纳斯会忽然改变了主意，取消了娶我的决心。我实在不敢想象，乔纳斯会喜欢像我这样浅薄的姑娘。"

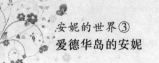

"菲儿，事实上，你并非浅薄的姑娘，"安妮很认真地说，"在你的内心深处，潜伏着诚实而可爱的赤子之心。你为什么一直要让它潜伏着呢？"

"我不得不这样啊，安妮皇后。诚如你所说，我的本质绝非轻薄。不过我的内心上面有一层轻薄的皮儿，虽然我想剥掉它，但是苦于做不到啊。波萨夫人就对我说过，我必须重新被塑造，否则的话，绝对变不了。乔纳斯看透了我的本质，所以他连同这份轻薄的特质也一并接受了。我也爱着乔纳斯。老实说，当我发觉自己深爱着乔纳斯时，曾经惊讶得目瞪口呆。安妮，你最理解我了。以往日的我来说，只有一个追求者的话，我是万万不能满足的！"

"那么，你要如何处置亚力克和亚兰索呢？"

"噢……在圣诞节那天，我已经对他俩表示，再也不能跟他俩中的任何一个结婚。因此他俩一直在长吁短叹，让人觉得他俩都很可怜。我到底只能嫁给乔纳斯！这是我第一次下的决心呢！但是做起来一点也不困难嘛！"

"你能够自主决断到何时呢？"

"这个嘛……我也不清楚。不过，乔纳斯为我指点了迷津。他说逢到我犹豫不决时，不妨想——'自己到八十岁时，将如何处置这个问题？'如此一来，我很快就可以下定论。就算我迟迟不能下定论，乔纳斯也会帮我下呀！"

"那么，你的父母同意你嫁给乔纳斯了吗？"

"我父亲那儿不成问题，他一直认为我所做的事情都是对

的。不过，我的母亲就不怎么好说话啦，因为母亲的舌头就跟鼻子一样，都属于派安的家系啊！不过我相信，还是会以喜剧的方式收场的。"

"菲儿，你跟乔纳斯先生结婚以后，就得放弃以前所拥有过的东西呢！"

"只要有乔纳斯就行了。其余的东西有或无，对我来说倒不重要了。一年后我俩就要结婚。今年春天，乔纳斯就要从圣·哥伦比亚神学院毕业了。接下来，他就要到巴达森街的贫民窟赴任。安妮，你替我想想，我就要到贫民窟去了呢！不过，只要跟乔纳斯在一起，就是格陵兰的冰山，我也敢去呀！"

"而且这句话竟然出自——非富豪不嫁的小姑娘的樱桃'大嘴'呢！"安妮面对着翠绿的新松树说。

"哦……安妮……你就别再数落我肤浅的青春了！你等着瞧吧！我就要变成可爱的穷人，让你耳目一新！我会学好做羹汤，翻制旧衣服的方法。关于购物的诀窍嘛……我已经在芭蒂之家时学会啦！我甚至到主日学校，教过一个夏季的书呢！姬茵西娜阿姨说，一旦我跟乔纳斯结婚，我必定会毁掉他！可是我可以发誓，我绝对不会那样做的。我承认自己一向慌慌张张，没什么判断力，可是我懂得如何博取别人的好感。在波林布洛克的祈祷会上，有个笨于言词的男子，时常提出证言。他调侃自己说：'虽然我没有熊熊烈火般的灿烂，但是我仍然能发散出蜡烛般的光辉。'我就准备成为乔纳斯的一根小蜡烛。"

"菲儿，我实在拿你没办法。不过，谁叫我那么喜欢你呢！

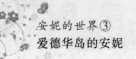

或许因为过度地为你感到高兴，如今，我连一句祝贺的话儿也说不出来了呢！可是，我从心底祝贺你俩永远幸福。"

"我懂。你那一双灰色的大眼睛，不时地洋溢着真正难能可贵的真情。安妮，有朝一日，我也会使用相同的眼光看你。你不是准备跟罗耶尔结婚吗？"

"菲儿，贝蒂·帕克丝达说过一句话：'对方还未向我求婚时，我就拒绝了他！'但是我可没有她的造化。既然他还没有向我求婚，我又怎能拒绝他呢？"

"罗耶尔爱你的事情，几乎雷蒙学院所有的学生都知道了，"菲儿直爽地说，"安妮，想必你也爱着罗耶尔吧？"

"嗯——我也认为如此。"安妮只好勉强承认。

照理说，说到这方面的话儿，脸孔应该会涨红才对，但是这次并没有。倒是有人在安妮听得到的地方，论及吉鲁伯特跟克里斯廷时，她反而会满脸通红。奇怪……吉鲁伯特跟克里斯廷跟我并没有任何关系呀？话虽如此，安妮并不想分析她脸红的原因。

安妮承认她跟罗耶尔在热恋。罗耶尔不就是我最理想的白马王子吗？我能够抗拒他那双幽邃的黑眼睛，以及充满怜惜的声调吗？大约有一半的雷蒙女学生，对安妮表示又羡慕又嫉妒。安妮过生日那天，罗耶尔送了一盒紫罗兰和情意绵绵的短诗。安妮一字不漏地把它背了下来。当然啦！它不能跟莎士比亚的作品相提并论，安妮也不像诗章所描写一般，深陷于恋爱里面，但是它已经达到了杂志刊载的作品的水平。

诸如——你面颊的红晕盗自日出的颜彩、你的唇比乐园的玫瑰更为红艳等句子都以押韵的方式写成，叫安妮的心胸燃起了罗曼蒂克的心情。如果是吉鲁伯特的话，他绝对不会以安妮的蛾眉写成诗章呢！不过，吉鲁伯特懂得幽默，而罗耶尔就不是了。

有一次，安妮跟罗耶尔讲了句幽默的话儿，想不到，他完全不能领会那句话所包含的玄妙，使得安妮想起了她跟吉鲁伯特提起这句话时，两个人不约而同笑起来的场面。这使得安妮感到些许的不安，认为跟不解幽默的人一起生活，是一件叫人受不了的事情。

不过话又说回来了，谁又能够期望忧郁神秘的男主角，能够理解幽默的一面呢？因为那是一件完全矛盾的事情呀！

第二十八章

安妮的失落感

"如果永久住在六月的世界的话，将变成如何呢？"穿过充满花香的薄暮果树园，再进入正面阶梯的安妮说。

在那儿，玛莉娜跟林顿夫人正在谈论阿多莎夫人的葬礼。多拉坐在她俩之间，心无旁骛地在看书。德威则坐在草坪上，满脸忧郁的表情。

"小小年纪，竟然一副心事重重的神态！"玛莉娜说罢，叹了一口气。

"德威，在这个开满了花儿的季节里，你怎么摆出十一月阴霾的面孔呢？"

"我整个人病恹恹的，都不想活下去了！"幼小的厌世家，有气无力地回答。

"怎么？十岁就厌世啦？天哪！那可真叫人感到悲哀！"

"安妮姐姐，我不是在开玩笑哩！"德威认真地抗议，"我——我——我已经跌入了绝望的深渊呢！"

"乖宝宝，你到底怎么啦？"

安妮靠近德威，跟他并排坐在一起。

"因为荷姆斯老师病了，新来的卡逊老师出了十道算术题目，规定我们在星期一交。天哪！那是一大堆的算术题目呢！我得耗费明天一整天，才能够把它们做完。想起了星期六还得用功，我非常非常不甘心呢！米鲁帝说，他才不去做那些题目呢！玛莉娜阿姨则说非做不可！我真的一点也不喜欢卡逊老师！"

"德威！你怎么那样说卡逊老师呢！"林顿夫人怒斥德威说，"卡逊老师是做事一板一眼的好姑娘，她可不是马马虎虎的老师呢！"

"一本正经的人，有时会叫人感到索然无味呢！"安妮笑着说，"德威，你快振作起来！有道是船到桥头自然直，明天，安妮姐姐陪你做算术题目。现在，就不要白白地浪费光明与黑暗之间的美妙一刻了！"

"好的，我不会浪费！"德威马上变得生龙活虎，"如果安妮姐姐指导我做题目，我当然能够很快完成。然后……我就要跟米鲁帝去钓鱼。幸亏阿多莎老奶奶的葬礼改在明天举行，否则的话，我就不能去凑热闹啦！米鲁帝的妈妈说过，到时，阿多莎老奶奶一定会从棺木里爬出来，臭骂那些前往观看她下葬的男女咧！所以……我非去瞧瞧不可。"

"真是可怜啊！"林顿夫人以严肃的口吻说，"阿多莎死了，竟然没有一个人为她流泪呢！她也未免太可怜了一点儿。爱利榭一家子对阿多莎的死，就像放下一个重担般舒了一口气呢……其

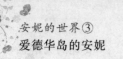
实，这也怨不得，谁叫阿多莎的那张嘴一直都在损人呢！"

"离开这个人世时，竟然没有一个人表示哀掉，这实在是一件非常可怕的事情！"安妮浑身打着哆嗦说。

"除了父母，世界上没有一个人喜欢过阿多莎。就连她的老公也对她大皱眉头！"林顿夫人说道，"阿多莎是他的第四任老婆。跟阿多莎结成夫妇后，他只活了三年。医生说他死于消化不良，我却认为他死在阿多莎毒舌的诅咒之下。阿多莎这个厉害角色对于旁人的事无所不知，对自己反而懵懵懂懂，真是得不偿失呢！反正，死都死啦！接下来的节目嘛！不外乎是黛安娜的婚礼啦！"

"一想起黛安娜要结婚，我一半感到好笑，一半感到恐惧呢！"

安妮吐了一口气，抱着双膝，透过魔鬼的森林，瞧着黛安娜房间里面的灯光。

"黛安娜有了如此理想的归宿，你怎么会感到恐惧呢？这一点我就不懂啦！"林顿夫人加强语气地说，"弗雷德拥有很好的农场，又是模范青年呢！"

"不过，他并非黛安娜以前描绘的结婚对象。黛安娜曾经对我吐露过，她喜欢那种粗暴、作风大胆的不良型青年，"安妮微笑着说，"弗雷德太善良啦！"

"安妮，难道你希望黛安娜嫁给坏人？或者，你自己想嫁个大坏蛋？"

"我才不要嫁给大坏蛋呢！"

"我就是希望你能够放聪明一点。"玛莉娜有点不悦地说。

玛莉娜之所以会显得不悦，是因为她太失望了。她已经知道安妮拒绝吉鲁伯特的事情。为了这件事情，整个艾凡利沸腾了起来。至于消息是如何走漏的，那就不得而知了。尤其是吉鲁伯特的母亲布莱斯夫人，最近再也不问安妮，吉鲁伯特是否写信给她。而且每次碰到了她，总是态度冷淡地走过去，使安妮感到非常悲哀，安妮一向很喜欢布莱斯夫人的。

玛莉娜倒是没说什么，林顿夫人则义愤填膺地骂了安妮几句，但是当她从麦克法森的母亲口中听到，安妮在大学抓到了一个有钱的美男子时，一下子就噤若寒蝉啦！不过在内心里，她还是希望安妮能够嫁给吉鲁伯特。

林顿夫人认为——如果安妮真的爱那个有钱的美男子胜过吉鲁伯特的话，那就没有什么话儿可说啦！不过，林顿夫人担心安妮是为了金钱而结婚，如果真的是这样的话，那就太不妥啦！玛莉娜最理解安妮，她认为安妮绝对不可能为了金钱而结婚，正因如此，她很少为这件事操心。

"事到如今，只有顺其自然啦！"林顿夫人苦着一张面孔说，"真希望神能够挺身出来解决，因为这可不是人力所能挽回的啊！"

安妮独自一个人走到了妖精之泉，坐在一棵巨大的白桦树下面。在过去的几个夏季，吉鲁伯特时常跟安妮面对面地坐在此地，彼此畅谈抱负和书本上的事儿。不过，今年放了暑假后，吉鲁伯特又到报馆兼职。没有他的艾凡利，安妮感觉到又无聊又寂寞。

罗耶尔倒是每个星期都写两封信给安妮。罗耶尔的信函，通常都由奇妙的文章串连而成，安妮在阅读过后，总会感到自对罗耶尔的爱日胜一日。不过阅读他的信时，安妮始终不曾有过心像小鹿儿猛撞的现象。

史龙夫人有一天交给安妮一封信，安妮一看信封的笔迹，就知道是吉鲁伯特所写。于是，她迅速地跑回自己的房间，用剪刀剪开了信封。天晓得，里面只有一张用打字机打出来的——某一个研究会的报告。

安妮十分沮丧地把那一张报告揉成一团丢掉，再坐下来给罗耶尔写热情的信。

再过五天，黛安娜就要结婚啦！果树园山丘的灰色房子，整天都有人在忙乱。举行婚礼时，安妮将担任伴娘，吉鲁伯特则要担任伴郎，故必须从金斯伯德赶回来。

安妮虽然兴冲冲地在准备各种事项，但是内心仍然免不了阵阵绞痛。

黛安娜的新家庭离绿色屋顶之家有两里远，由此不难想象，她俩已经不可能时常在一起了。安妮抬起了头，痴痴地瞧着黛安娜房间里射出的灯光，想着在好几年之内，她始终受到那灯光的鼓舞。不过，那些灯光在不久以后，将不可能在夏日的薄暮里，再度发出光辉了。想到这里，安妮灰色的眼睛里涌出了泪珠儿。

"唉……真讨厌！为什么每个人都必须变成大人——结婚——以此改变自己呢……"

第二十九章

黛安娜的婚礼

"说来说去,玫瑰花正宗的颜色是粉红色的。"安妮说。她正在黛安娜的房间里面,用白色缎带把黛安娜的花束系起来。"粉红色的玫瑰花表示爱与诚实。"

黛安娜浑身新娘的白色装束,忐忑不安地站在房间的中央。她黑色的卷发上面覆盖着云霭似的白纱。这是基于好多年以前的宣誓,安妮把它披上去的。

"往昔,我曾经一边描述你结婚时的装扮,一边哭泣,因为结婚就等于我俩的分手啊!那时,我描述新娘戴着'漂亮得仿佛雾霭一般的面纱',就跟现在的你一模一样!而我也真的当了你的伴娘!但很遗憾地,我们就要分开了。"

"我俩并非真正的永别呀!"黛安娜抗议道,"我并不是要到很远的地方去,咱们仍旧能够维持那一份可贵的友谊啊!"

"是啊,咱们的友情一直维持得很好,而且始终完美无瑕。不过,以后不可能有这种情形啦!因为你有了最关心的人,从今往后，我只是局外人了。套一句林顿伯母的话儿说——这或许就是所谓的人生吧！"

"我感到最遗憾的是，你结婚时，我无法当你的伴娘。"黛安娜叹了一口气。

"来年的六月，菲儿跟乔纳斯结婚时，我也得当菲儿的伴娘。不过只能到此为止啦！因为只要当了三次伴娘，就永远当不了新娘了呢！"安妮如此说着，从窗口瞧了一下百花盛开的果树园。"啊！牧师来了！黛安娜快下去呀！"

"啊！安妮，"黛安娜的脸色变得苍白，开始颤抖起来，"啊！安妮，我……我好怕！我一定会昏过去的！"

"如果你昏过去的话，我就要把你拖到水桶那儿，把你倒提起来浸水！"安妮假装恐吓黛安娜。"结婚并非那么吓人的一件事情。你瞧！在场的那么多人，不都是结过婚的吗？你就学学我的冷静吧！"

"安妮小姐，你就别说风凉话啦！轮到你披上新嫁装时，看你如何冷静下来？啊！安妮，我父亲上楼啦！快把花束给我！我的面纱如何？我的脸是不是很苍白？"

"你已经够漂亮啦！亲爱的黛安娜，你就给我一个最后的吻吧！以后，我再也不能获得黛安娜·巴利的吻了。"

"不过，还有一个黛安娜·莱特（弗雷德的姓）呀！啊，我母亲在叫了，我们快走吧！"

安妮由吉鲁伯特牵着走到了客厅。他俩在楼梯上相遇。自从在金斯伯德分别以后，这可是他俩的第一次碰面。因为吉鲁伯特刚刚抵达。吉鲁伯特慎重其事地跟安妮握手。安妮很快就察觉到他消瘦了一些，但是他的精神非常好，脸色也不坏。

安妮蓬松光泽的头发插着铃兰，身上穿着柔和的白衣。当她走到吉鲁伯特面前时，吉鲁伯特英俊的面孔泛起了红潮。当他俩出现在宾客云集的大厅时，感叹声此起彼伏。

"嗯……那是一对天作之合呢！"林顿夫人在感慨交集之下，对玛莉娜说。

弗雷德红着面孔单独进入大厅时，黛安娜由她父亲牵着进来。黛安娜并没有昏倒，更没有发生任何阻碍仪式进行的糗事。

婚礼以后，就是婚宴。到了天色完全黑下来时，弗雷德跟黛安娜驱着马车，共浴着银色的月光，朝他俩的新居驰骋。吉鲁伯特把安妮送回绿色屋顶之家。

在那个黄昏里，由于受到了愉快气氛的感染，他俩似乎又回到了昔日的亲密无间。

噢……跟吉鲁伯特再度在小径上徜徉，实在是一件叫安妮感到心旷神怡的事情。

在静谧的黑夜里，绽开的玫瑰在朦胧的月光下喁喁着爱语，雏兰窃窃嘻笑，草儿在歌唱——月光拥抱着安妮熟悉的田园，一切的一切都显得那么温馨。

"在你要进入屋子以前，咱们到恋人小径去走走吧！"跨过横在闪耀的湖泊的小桥以后，吉鲁伯特如此说。

在湖水里，月影犹如黄金的大花朵一般沉溺在那儿。在月光的朦胧照耀之下，恋人小径变化成妖精之国的小径，显得格

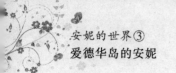

外神秘。

"在整个夏季里，你都要留在艾凡利吗？"吉鲁伯特问。

"下周我就要到东部的葛雷洛德。在七、八月，替身体不适的爱丝达·赫逊代课。那所学校竟然也有夏季的学期呢！在现在的艾凡利，我竟然有一种身为外国人的感觉。眼看着这两年成长为年轻男女的孩子有那么多，我的内心有着一种难以形容的寂寞感。我教过的学生约有半数已经成年了呢！眼看着那些未来的国家主人翁，占据着当初咱们游戏的场所，我就会萌生出一种很苍老的感慨。"说罢，安妮笑笑，叹了一口气。

在安妮的内心里，她很想回到往昔那种快乐而无忧无虑的岁月。她一直想着——过去的那些美梦，以及灿烂的光辉，到底到哪儿去了呢？

"岁月犹如白驹过隙呀！"吉鲁伯特心不在焉地引用了现实的文句。

安妮以为他是在想克里斯廷呢！唉……艾凡利越来越叫人感到寂寞了——因为，黛安娜已经远走高飞啦！

第三十章

在马车上听到的罗曼史

安妮走下葛雷洛德火车站后，站在路边看谁会来迎接她。这一次，安妮将寄宿在洁妮的家，然而，她一直不曾看到爱丝达在信里所描写的那个人。

现在安妮所能够看到的是，一辆载货马车上面积满了邮袋，以及差一点就被埋在邮袋里面的中年胖妇女。她至少有两百磅重。面孔犹如中秋的满月，红通通的，但是像一块平板。她的身上紧绷着一件十年前流行的黑色克什米尔布衣服，头上那顶土黄色的帽子缠着黄带子，手上戴着褪色的黑手套。

"你是来葛雷洛德小学执教的老师吗？"中年妇女背对着安妮问。

"是啊！"安妮回答。

"我也这样认为。因为，葛雷洛德以美女老师闻名遐迩啊！这种情形就像米兰丝老师虽其貌不扬但同样的著名。今天早晨，洁妮托我来火车站接你呢！我就对她说：'不成问题，只要女老师不怕像沙丁鱼罐头一般的挤，我就在拥挤的邮包里空出一个地方给她坐。'天哪！这辆马车用来载邮包实在小了一些，而且我的块头又比汤马斯大呢！所幸到洁妮家只有两里路程，你就忍耐一下吧！对啦！我的名字叫史瑟娜。"

安妮被史瑟娜推到邮包的中间。史瑟娜又喋喋不休地说话。

"黑驹啊，快上路！"史瑟娜下达命令，拉起了鞭绳，"我可是第一次运邮袋呢！今天汤马斯要撒芜菁的种子，所以叫我代劳。我就一口答应了他！我本来就喜欢往外面跑，在家里我可待不住呢！不过，这种差事一点意思也没有。我只能够一路瞧看马儿的屁股胡思乱想。走啊！黑驹。我恨不得马上回到家里呢！因为我不在家时，汤马斯会感到寂寞的！我跟他生活在一起，还是最近的事儿呢！"

"原来是这样！"安妮插了嘴。

"只有一个月。其实，汤马斯已经追了我很久。那段日子实在够浪漫的呢！"

安妮在脑海里描绘着两百磅重的肥婆情史，但是始终想不出动人的情节。

"哇！你好伟大！"

"可不是吗？追在我屁股后面的男人有一大串呢！黑驹，你磨蹭什么呢！快点走呀！那些臭男人们以为不久后，我会再度披上新嫁衣呢，所以这般死命地追我。但是，我宁愿做一个风流的寡妇。可当我的女儿——跟你一样，她也是学校的老师——离开我到西部后，我感到非常寂寞，所以汤马斯趁虚而入。接着另外一个男子——威廉·雪曼也进入了我的生活。在很长一段时间里，我考虑再三，但是拿不定主意应该选择谁。就如此这般，我变成了风流寡妇。威廉有的是钱，居住在华宅里，相当体面，我简直有一点高攀呢！黑驹，你加快脚步啊！"

"那么，你为何不嫁给威廉呢？"安妮好奇地问。

"因为，他并不爱我啊！"

安妮睁大眼睛看着史瑟娜。不过，史瑟娜并没有失望之色。她似乎在想着自己的身材。

"威廉在丧偶以后，他的妹妹照顾了他三年。但是，他的妹妹嫁了人，因此他急需一个管家婆。其实，我照顾他也挺值的，因为他的宅第很豪华，生活又富裕啊！黑驹，不要停下来，快点走啊！汤马斯穷得一塌糊涂。他的房子之所以能称得上房子，只不过是晴天不会漏雨罢了！不过，我还是喜欢汤马斯。我曾经安慰自己：'跟有钱人结婚当然很好，但是不一定能够幸福。如果两人不彼此相爱的话，很难共处一室。你还是跟汤马斯比较好。因为他爱你，你也爱着他呀！除了这件事，其余的事都不重要了！'黑驹，你快走呀！汤马斯决定娶我时，我就不再走过威廉家的前面了。因为我害怕看到他家的华宅后，自己心里会动摇。如今，我完全不去想威廉的事情了。我跟汤马斯过着穷困但是快乐的生活。黑驹，你怎么啦？走啊！"

"威廉对你嫁给汤马斯有什么感想呢？"安妮问。

"他有些不高兴。不过他有另外的女人，我想，那个女人会嫁给他的。我相信她跟威廉结婚以后，威廉将更幸福。威廉本来

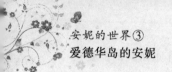

不想跟他的前妻结婚，但是他的父亲强迫他这么做。他的前妻很善于持家，却是个一毛不拔的铁公鸡。你想想，在整整十八年里，她戴着一顶相同的帽子呢！我不嫁给威廉，说起来也是我幸运，我的表妹在嫁给富有的商人以后，生活得好惨！简直连狗也不如呢！上周我表妹来看我。她如此对我说：'史瑟娜，我好羡慕你！与其跟冷酷的老公居住在华宅里，不如跟体贴多情的老公居住在小街道旁的陋巷屋室里。'其实，我的表妹夫并非坏人，他只是脾气古怪，举止言语不近人情！你想想，在华氏九十度的大热天里，他仍然穿着皮大衣呢！不管做什么事情都要违反常情。你瞧！那栋盖在洼地上的建筑物就是'路边之家'。它不是很别致吗？你困在邮包当中，一定感到很难受吧？"

"不会啦！这儿很凉爽。一路上我感觉到很快乐。"安妮打从心眼儿里说出这句话。

"快到了！你稍等一下。我去告诉汤马斯。逢到有人夸奖我时，汤马斯就会感到很快乐。咦？黑驹你快走呀！老师，我希望你成功。对啦！老师，你可以从洁妮家的后面走近路到学校去。可是你千万小心哦！绝对不能踏在那些黑泥上面，否则的话，将跟亚达姆家的牛儿一般，被黑泥吸下去。那样的话，恐怕到了审判之日也不能浮上来呢！黑驹，你快走啊！"

第三十一章

"路边之家"的故事

爱妮·雪莉致菲莉·哥顿。

　　亲爱的菲儿，我又到葛雷洛德，当起一名乡下教师了。目前，我寄住在洁妮小姐家。那一栋房子有个特别的名称，叫"路边之家"。洁妮小姐待人亲切，态度和蔼，长得又相当标致。个儿不算太高，身体结实，就应了那句话——恰如其分。褐色的鬈发束在背后，掺杂着少许白发，玫瑰色的脸庞很爽朗，大而柔和的眼睛，若勿忘草般蔚蓝。而且她喜欢烹煮精细的菜肴给房客享用，根本就没有考虑到，那些油腻的食物是否会引起消化不良。

　　洁妮喜欢我，我也中意洁妮，因为她有一个夭折的妹妹，名字也叫安妮。

　　我抵达"路边之家"时，洁妮就热烈地欢迎我说："欢迎光临。唷？你跟我想象中的长相完全不同嘛！我满以为你长着满头黑漆漆的头发呢！因为，我妹妹安妮就是长着一头黑发呀！想不到你的头发是红的！"

或许，洁妮的语汇里没有"红褐色"这三个字吧！我本来感到有一些不受用，但是想想——别人一提起"红发"两字，就憎恶她们，那不是表示自己缺乏教养吗？于是，我立刻以笑容面对洁妮。

这一栋"路边之家"很可爱、很别致。从街道到房子之间，蔓延着花园和果树园，蜿蜒地通到大门的小径，用贝壳镶着边儿。入口处的墙壁爬满了茑萝，屋顶长着青苔。我的卧房离客厅有一段距离，小得只能容下我和一张床。我床铺的墙壁上面挂着一幅——罗伯·潘斯站立在玛莉坟前的油画①。因为潘斯的面孔悲凄万分，使得我当晚梦见自己再也不会笑了。

客厅小巧而精致，仅有一扇窗户，又在柳树的阴暗处，以致屋里笼罩着一片惨绿的颜色。椅子上面放着坐垫，地下铺着地毯。书本和卡片很整齐地放在桌子上面，橱柜上面放着插着干草的花瓶。

由于屋内太幽暗，前一个房客爱丝达感到很不满。她也对鸭绒被嗤之以鼻，甚至不吃洁妮煮的油腻食物，叫洁妮拿她一点办法也没有。洁妮看着我吃三餐时，总是眉开眼笑的。她说，我是最容易侍候的房客。她还对我说，如果有男客人来访，可

---

①一七八九年，苏格兰诗人罗伯·潘斯邂逅了年轻的女佣玛莉，两人一见钟情，经过山盟海誓，准备结成一对夫妇。谁知玛莉在那年秋季猝死，潘斯在万分悲痛之余，把他最好的诗集送给玛莉。

以使用客厅。

其实，对葛雷洛德来说，除了邻家雇用的长工，根本就看不到第二个年轻男人。这个长工名叫萨姆，长得又高又瘦，头发的颜色很淡。

昨晚，我跟洁妮在刺绣时，他来到大门口的石凳旁，足足坐了一小时。自始至终，他只讲了那些话，那就是——"年轻的婆娘，吃一些薄荷糖吧！要不要？听话，薄荷对胃病有好处呢！唉——今夜，怎么连一只母猪也看不到啊——"

想不到，此地也有一场恋爱正在进行呢！我似乎命中注定，必须促成中年人的婚姻。艾宾夫妇时常说，他俩之所以能够有情人终成眷属，都是我的功劳。除此以外，我还有意促成迪奥多拉与鲁多毕克的婚事呢！

以现在的恋爱事件来说，我仍然停留于旁观者的阶段。曾经一度，我为了促进事态快速进行，而惨遭失败。如今，我不想再干涉他们了。其他的见面后再谈！

第三十二章

道格拉斯夫人的下午茶

安妮抵达葛雷洛德的第一个星期四夜晚，洁妮怂恿安妮出席当地教会的祈祷会。

为了出席祈祷会，洁妮打扮得焕然一新。她的身上穿着水色毛纱的服装，上面印着很多阳蝶花，还有许多的打褶、花边。头上戴着白色草帽，帽子上面插着一朵粉红色的玫瑰花和三支鸵鸟的羽毛。安妮明白洁妮如此打扮的动机——她想爬到伊甸园。

葛雷洛德的祈祷会以妇女为主要对象。出席的妇女有三十二名，除了牧师和两个半大不小的男孩，还有另一个男子。安妮一直注意着这个男子。他嘛……沾不上帅哥的边儿，年纪也大了一点，谈不上温文尔雅。他两腿长得离了谱儿，腰身很长；手儿出奇的大，头发蓬松；胡子不曾修剪，犹如乱草。不过，他看起来很正直，给人一种亲切而敦厚的感觉。

祈祷会告一段落时，该男子走到洁妮身边说："洁妮，我送

你回去吧！"

于是，洁妮羞羞答答，好似挺不好意思地抓着男子的手说："我来给你介绍安妮·雪莉小姐，道格拉斯！"

道格拉斯对安妮点点头："在祈祷时我一直注意你呢。小姐，你实在很标致。"

安妮充满了感谢地对道格拉斯笑笑，再故意落后几步，行走于月光照耀的小径上面。

原来，洁妮有了追求者！安妮感到很欣慰。洁妮一定能够成为模范妻子的——她爽朗、很会打算、待人宽大、善于烹饪。如果叫洁妮一直落单的话，老天待人就不够厚道了。

"道格拉斯请你到他家，看看他母亲，"第二天，洁妮说，"道格拉斯的母亲不适合出行，已经很久不曾出门，但是她很好客。你有空吗？"

想不到当天下午，道格拉斯代其母亲来拜访安妮，请她在星期六下午，到他家喝茶。

"咦？你为何不穿那件印有阳蝶花的衣服呢？"她俩要出门时，安妮如此问。

当天很热，可怜的洁妮因为过度兴奋，又紧紧被黑色沉重的衣服夹着，所以看起来犹如受到烘烤的马铃薯一般。

"因为道格拉斯的母亲讨厌那件衣服！"洁妮悲哀地说，"不过，道格拉斯倒是很喜欢它……"

道格拉斯的家很古老，约离路边之家半英里，在一座很凉爽的小丘顶端。它的四周，是一圈又一圈的围绕着果树园的枫树。

道格拉斯在门口迎接她俩，把她俩带进客厅。在那儿，矮胖的道格拉斯老夫人正坐在轮椅上面，对着她们微笑。她的面颊柔软而呈粉红色，慈爱的眼睛为碧蓝色，嘴儿就像小娃娃的。她穿着漂亮的黑绸缎衣服，肩上有一条白色披肩。雪白的头发上面戴着一顶优雅的帽子。瞧起来，很像一个奶奶级布娃娃。

"洁妮，你好吗？"老夫人以温和的声音说，"真高兴，又看到你了。那么，她就是新来的老师啰？欢迎大驾光临！因为我那宝贝儿子一直在称赞你，我内心有点儿不是滋味。更不用说洁妮了！她一定更感到不是滋味啦！"

可怜的洁妮满面飞霞。安妮说了些客套话以后坐了下来，但是她感觉到很尴尬，因为老夫人叫洁妮坐在她身旁，频频抚摸着她的手。安妮强颜欢笑地坐在那儿，道格拉斯则一直没有笑容。

老夫人叫洁妮倒茶。洁妮红着面孔遵从老夫人的吩咐。

安妮如此向史蒂拉报告喝茶的情形——

"桌子上面有烤鸡、砂糖腌制的草莓、柠檬派、巧克力蛋糕、葡萄的馅饼、松糕、水果蛋糕、牛奶派等。我整整吃了我平常的两倍之多！但是，道格拉斯老夫人还嫌我吃得太少呢！她说：'想必是吃惯了洁妮烧的好菜，再也吃不下这种粗食对不对？在葛雷洛德，洁妮的烹饪技术堪称第一呢！'"

喝过了茶，道格拉斯老夫人面带着微笑，吩咐她的儿子带洁妮到庭院摘玫瑰花。接着坐进轮椅里面，对安妮说："我是身体很差的老太婆了。二十年来，我受尽了苦楚。在这漫长的二十年里，我曾经好多次面对着死亡……有好多次，我认为熬不到明天啦……没有人知道我内心的悲哀，我只有单独啃食这种难以言表的悲哀……我想——我的日子一定不多了。安妮小姐，想起做母亲的我，走完人生旅途后，道格拉斯就能够娶到如花美眷的媳妇，我就感到非常安慰啦！"

"洁妮小姐是再好不过的女性了。"

"是啊，她不但长得标致，性格方面也无懈可击呢！我很庆幸我儿子选择了洁妮。我由衷希望我儿子能够幸福。道格拉斯是我唯一的命根子。安妮小姐，我儿子的幸福是我唯一的愿望啊！"

道格拉斯老夫人如此说时，安妮若无其事地瞧了瞧她的宝贝儿子——道格拉斯。

结果，安妮吓得目瞪口呆！原来，道格拉斯痛苦万分地扭曲着一张脸，仿佛是上了断头台的囚犯！

安妮赶快示意面孔涨红的洁妮，双双踏上归途。

"道格拉斯老太太为人很慈祥吗？"安妮一边走路，一边问洁妮。

"这个嘛——"

安妮实在想不通，道格拉斯为何会痛苦得扭曲他的面孔呢？

"道格拉斯的母亲一向很痛苦……"洁妮对安妮说，"她的病时常发作。正因为如此，道格拉斯非常不放心，所以都不敢离开家里太久。"

第三十三章

二十年的寂寞岁月

三天之后，安妮从学校回来时，发现洁妮在哭泣。

眼泪跟洁妮实在很不相称，因此，安妮感到十分不解。

"天哪！你到底怎么了？"安妮担心地叫了起来。

"我……我今天已经四十岁啦！"洁妮说罢，又悲切地啜泣起来。

"可是，昨天你不也是将近四十岁了吗？不过，你并没有大惊小怪呀！"安妮微笑着安慰洁妮。

"我已经整整等道格拉斯二十个年头了呢！"洁妮吞下了她的伤心泪儿说，"我还能够有几个二十年啊？"

"换句话说，道格拉斯已经和你交往二十个年头啰？"

"就是嘛！可是他连结婚两字都不肯提起呢！远在我母亲还在人世时，他就时常到我家里走动，我就悄悄地缝制一些新婚必备的被单。谁知他老是不提起有关结婚的事儿。他跟我交往八年之后，我母亲过世了。我以为他看到我孤苦的模样，立刻会来跟我提起我渴望已久的那两个字——结婚。谁知他仍在装聋作哑呢！不错！他对我非常好，又亲切又同情，但是我可不能无限期地有实无名呀！为此，很多人对我指指点点，暗暗地在讥笑我咧！很多人都在猜测，道格拉斯不娶我，是不忍心叫我照顾他多病的母亲。事实上，我非常乐意照料准婆婆道格拉斯老太太呀！我就是不懂，他到底为了啥理由，不向我求婚。如果我知道理由的话，心里就不会感到那么难受了。"

"或许，道格拉斯的母亲不希望她儿子结婚吧？"

"万万不可能！她好几次对我说，希望在她闭上眼睛以前，看儿子办好终身大事呢！"

"洁妮，你千万不可自暴自弃！"安妮说，"你也真是的！既然他无意娶你，你何不早点和他说清楚呢？"

"我办不到嘛！"洁妮悲悲切切地说，"安妮，我已经对道格拉斯爱得入骨了呢！就算他一辈子不娶我，我也绝对不可能爱上其他的男人。"

"那么，就制造机会，强迫他对你求婚嘛！"

"我才不敢冒这种危险呢！如果他在一气之下不要我了，我将生不如死呢！"

"洁妮，事到如今，你必须拿出一些魄力来！你要向他表示，他那种优柔寡断的态度，实在叫你无法忍受，借此向他发出最后通牒呀！我来帮你！"

"我也弄不清楚自己有没有那种胆量，"洁妮感到进退两难，说道，"好吧！那我就豁出去啦！"

安妮对道格拉斯大感失望。万万料想不到他会玩弄女人的感情，前后长达二十年之久！安妮下了最大的决心，要好好惩罚他。

到了第二天晚上，安妮跟洁妮准备到祈祷会时，洁妮下了生平最大的决心，答应安妮好好地"整"道格拉斯一番。她说："我要让道格拉斯知道，我可不是一个好说话的人！"

"那太好啦！"安妮表示赞同。

祈祷会完毕时，道格拉斯跟往常一样，走到了洁妮身旁，道出了他长达二十年的台词。

洁妮的一颗心在乱撞，不过她冷着脸、斩钉截铁地说："不必啦！我自己认得回家的路，都走了四十年了！你放心吧！道格拉斯先生，我不会迷路的！"

安妮一直在凝视道格拉斯，在明亮的月光下，安妮看到他的脸上又浮现出痛苦的表情，仿佛是一名走上断头台的囚犯。他一言不发，转身大步地走开。

"等一等！道格拉斯先生！请你回来呀！"安妮奔了过去，抓起了道格拉斯的手，把他拖到洁妮身旁。"你非回来不可！"安妮如此要求道格拉斯，"这只是一场闹剧！你要怪就怪我好啦！因为是我怂恿洁妮这样做的……洁妮很不情愿如此做呢！好啦！你就别闹别扭啦！"

洁妮一言不发，牵起了道格拉斯的手就走。安妮乖乖地跟在他俩后面，再从后门悄悄地走进家里。

"你呀！真是成事不足，败事有余呢！"回到了家里，洁妮

笑着对安妮说。

"我也没办法呀，洁妮！"安妮以后悔的语气说，"那时，我仿佛在一旁看着杀人现场，内心感到非常不舒服，所以就毫不犹豫地把道格拉斯先生追回来了呀！"

"我认为你做得很好。当我看着道格拉斯走开时，我立刻感觉到我生涯里仅有的一些幸福和欢乐，统统都跟着他走啦！"

"道格拉斯问过你，你为何要那样做吗？"

"哪儿的话，他一句话也没说呢！"洁妮迷迷糊糊地回答。

第三十四章

了解事实的真相

安妮对于洁妮和道格拉斯的婚事，虽然仍是抱持着些许的希望，但是事情始终保持风平浪静的状态。道格拉斯根本就不曾向洁妮求婚，不过还是带她坐马车去兜风，到祈祷会的晚上，照样把洁妮送回家。似乎今后的二十年，依旧要这样继续下去。正因如此，安妮对于葛雷洛德的生活感到稍稍厌倦。但是，在这期间，竟然发生了一件叫人喷饭的事情。

前面曾经提起的洁妮邻家的长工——萨姆，在八月的某一个夜晚，苦着一张长脸，坐在洁妮家大门口的石凳上面。他的裤子有好多补丁，上衣的棉衬衫，在手肘处破了好几个洞，头上一顶破烂的草帽，仿佛鸟巢一般。原来，他还穿着在田园里工作的服装。

他看着安妮，一直嚼着麦秆。安妮叹了一口气，把手中的书本放下来，她根本就料想不到萨姆会跟她交谈。

经过了一段长时间的沉默后，萨姆终于开口："打从明天起，我要休息一阵子了。"他如此说着，把嘴里嚼的麦秆取下来，往邻家抛去。

"噢……原来是这样。"安妮随便敷衍了一句。

"是啊！"

"那么，以后要到哪一家工作呢？"

"慢慢来吧！我要租一间房子，娶一个老婆。"

"是啊！你也应该成家啦！"安妮又敷衍了一句。

又经过了一阵子沉寂之后，萨姆突然说："你，你跟我一道走吧！"

"你……你说……说什么呀？"安妮吓了一跳。

"你，你跟我结成一对夫妇嘛！"

"你在发什么神经呀？我根本就不认识你！只不过见了两次面！"安妮愤然地大声叫嚷。

"只要咱俩结成一对夫妇，你就会认识我了呀！"萨姆自以为是地回答。

安妮以十足威严的口吻说："我绝对不跟你结婚！"

"好吧！你一定会后悔的！"萨姆特别提醒安妮，"我很会赚钱哦！银行里也存着不少钱咧！"

"萨姆，以后别再对我说那种话儿！你为何会突然产生那种念头呢？"

"因为你长得漂亮嘛！走起路来，又叫人想入非非。而且你很勤奋，我一向讨厌懒惰的女人。你再考虑考虑。我再给你一次机会。好啦！我得去挤牛奶啦！"

近年来，安妮经历了好几次求婚，但是没有一次叫她感动，反而都叫她烦透啦！不过，对于这一次萨姆的求婚，安妮一点也不感到烦，反而能够一笑置之。

当晚，她就跟洁妮提起这件趣事，两个人笑成一团。

安妮将离开葛雷洛德的最后几天，道格拉斯家的佣人——阿烈克急急地来到路边之家，对洁妮报告坏消息。阿烈克说："道格拉斯老夫人整整装死装了二十年，这一次可能再也好不了啦！以前发作时，她会大叫大嚷，在屋子里面翻滚，这一次却静静地躺在床上，一句话也没说呢！她不说话时就不妙啦！表示已经病入膏肓啦！"

"阿烈克，难道你不喜欢道格拉斯老夫人吗？"安妮疑惑地问。

"我喜欢一个女人摆出她的真面目，最厌恶装模作样、不诚实的女人！"阿烈克说罢，头也不回地走了。

洁妮在黄昏回来时的第一句话是——

"道格拉斯的母亲过世了。我到那儿时她还活着。她对我说：'到了这种地步，你大概可以嫁给我的儿子了吧！'听了这句话，我的心犹如刀割——想不到连道格拉斯的母亲也认为——我是因为她生病，才不愿意嫁给她的儿子！天哪！我该怎么办？所幸道格拉斯并不在那儿，否则的话，他一定会感到尴尬万分呢……"

葬礼举行过后，洁妮跟安妮坐在大门口瞧着夕阳。风儿不再吹刮，松林进入了梦乡，北面的天空有闪电。洁妮穿着黑色的衣服，由于哭泣了半天，眼睛与鼻子红通通的。

突然有人用钥匙打开了门，道格拉斯从天竺葵花圃走到洁妮的身边。安妮是个儿高挑的少女，身上又穿着白色的衣服，但是道格拉斯仿佛没见到她一般。

"洁妮，请你嫁给我吧！"其实在这二十年之内，道格拉斯一直就想说出这句话儿，如今，一古脑儿说了出来。

洁妮的脸原来就哭得红通通的，现在又哭了起来，以致变成了叫人不敢领教的紫色。

"你为什么不早一些说啊？"洁妮以沉重的口吻说。

"因为我不能说呀！母亲叫我不能向你求婚——十九年前母亲开始生病，性命危在旦夕。她向我恳求，在她还活着的时间内，不能向你求婚。那时，医生宣布母亲能够再活半年，母亲虽然受到病痛的煎熬，仍然恳求我，不要向你求婚，我难道能够不答应吗？"

"到底你的母亲不中意我的什么地方啊？"洁妮叫嚷起来。

"她并没有嫌你不好，那是千真万确的事情。母亲只是不愿意眼巴巴地看着——我被其他的女人抢走。她还郑重地警告我，如果我胆敢违背她的意思，她就要死给我看！"

"那么，你为何不早一些告诉我呀？"洁妮抽泣着说，"如果我知道的话，我就不致于感到如此难过了啊！"

"我也是迫不得已，"道格拉斯的声音颤抖了起来，"母亲叫我摸着《圣经》宣誓，一再强调，不能违背誓言。我知道，这十九年之内你非常痛苦，可是，这并非我本意。如今，你肯嫁

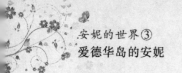

给我吗？"

到此，一向茫然的安妮，突然清醒了过来。她方才感觉到自己变成了多余的人物，于是悄悄地离去。

第二天早晨，洁妮告诉安妮其余的话。

"那个老太太又无情又残酷，而且又撒谎！"安妮叫嚷道。

"嘘！老人家已经过世了，"洁妮以严肃的口吻说，"我们不能说死者的坏话。反正，我现在感到非常幸福。如果我早就知道理由的话，才不在乎等这么久呢！"

"你俩什么时候举行婚礼呀？"

"下个月吧！但是婚礼只能静悄悄地草草举行，因为道格拉斯的母亲毕竟才过世不久啊！道格拉斯说，他要把母亲的秘密说出来给大家听。我叫他千万别那样做，我们就把那些过去的事情，跟母亲一块儿埋葬了吧……道格拉斯终于同意了我的意见。"

"洁妮，你为人实在又厚道又宽大。"安妮有一些不高兴地说。

"只要你到了我这年纪，你的想法也会跟现在的你不一样，"洁妮精神焕发地说，"这也就是年纪大的好处。到了四十岁时，宽恕别人的度量，将比二十岁时大出很多。"

第三十五章

雷蒙学院的最后一年

"哇！大伙都回来啦！每个人都像男运动员一般，晒得黑黑壮壮的！"菲儿坐在旅行箱上，满足地吐了一口气，"真高兴，又能够在芭蒂之家，跟阿姨和猫咪过日子。咦？拉斯帝的一只耳朵没啦？"

"拉斯帝如果完全没有耳朵的话，它将变成全世界最出色的猫咪呢！"

安妮坐在自己的旅行箱上面，无限怜爱地瞧着拉斯帝。另一方面，拉斯帝也频频地去碰安妮的裙子，以表示它热烈的欢迎。

"姬茵西娜阿姨，我们回来啦，您高兴吗？"菲儿又说了一句。

"当然高兴啰！先把东西整理好，再聊也不迟呀！我在少女时代便是如此。"

"呀嗬！那么我们就着手整理吧！"菲儿叫了起来。

"如果你想嫁给牧师的话，那就扔掉那一句'呀嘀'吧！"姬茵西娜表示关爱地说。

"为什么呢？"菲儿叹了一声说，"为什么牧师夫人就要装模作样、咬文嚼字呢？我才不屑那样做呢！而且那些居住在贫民区的人们，一直都使用粗俗的话儿呢！如果我不向他们看齐的话，他们将以为我在摆架子呢！"

"那只是你的想法！"姬茵西娜阿姨颇不以为然地说。

"乔纳斯也希望我这样啊！他处处对我让步，因为他得到了美貌、纯情以及聪明的我——菲儿。"

"我们都知道如何接纳你所说的话儿，"姬茵西娜阿姨极度忍耐地说，"在他人面前，你最好别这样说。搞不好，将招来闲言闲语呢！"

"我才懒得去管别人怎么说呢！如果老是在意别人的说法，内心将无时无刻地感到不安。就以潘斯来说，在祈祷时，他也不见得很认真。"

"这句话倒是真的！"姬茵西娜阿姨也承认，"往昔，我曾经在祈祷时说，希望我能够原谅某个女人。事到如今，我才恍然大悟，我根本就不想原谅那个女人。"

"听到姬茵西娜阿姨如此说，我想告诉你一件事情。"

安妮就说出了有关洁妮跟道格拉斯的事情。

"那么，你就说说你在信里提起的罗曼蒂克的场面吧，安妮皇后！"菲儿催促道。

安妮就煞有介事，并且绘声绘色地道出了萨姆的求婚。

少女们哇啦哇啦大叫大嚷，姬茵西娜阿姨始终在微笑。

"把追求自己的人当成笑柄，并不是一种高尚的趣味呢！"姬茵西娜阿姨轻责着少女们，然后说，"可是往昔的我，也是这种德行呢！"

"哇！姬茵西娜阿姨，您就说一些追求您的男人的趣事，让我们听听吧！往昔，你一定有众多的追求者。"菲儿一直在催促。

"我的追求者，并非都是过去式。就算今天，仍然大有人在呢！在我的故乡，至今仍然有三个老鳏夫，不断地对我送秋波、抛媚眼呢！"

"阿姨，秋波跟老鳏夫联系起来，根本就没有丝毫罗曼蒂克可言嘛！"

"或许是这样吧！不过就算是年轻人的恋爱，也并非每桩都富于浪漫气息呀！我的追求者里面，就有两三个这类的可怜虫。有一个叫爱华德的人，只会空思妄想，根本就察觉不到四周正在发生什么事情。我早就拒绝了他，但是直到一年后，他还没有察觉到这件事情。在他结婚后，有一晚从教会回家时，他的老婆从雪橇上摔了下去，他竟然浑然不知呢！另一个叫荷雷萧的人，在追求我的男人当中，最让我注意。因为他所说的话儿，事先都经过了装饰，以致我根本就无法理解他的真正意思，实在叫人费神……还有一个叫威斯顿的追求者……好啦，好啦，我不说废话啦！你们赶紧去整理、收拾吧！"

一个星期后，芭蒂之家的少女们埋首于书本之间。因为这是她们在雷蒙学院的最后一年，自然就得为毕业时的荣誉摩拳

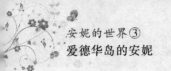

擦掌一番了。

安妮专心看着英国文学方面的书籍，普莉西拉埋首于古典文学，菲儿则专攻数学。

这些少女们偶尔感到疲惫，有时也感到莫名的绝望，有时怀疑如此奋斗是否有价值。在这种精神状况之下，在一个十一月的雨夜，史蒂拉进入了安妮青绿色的房间。

安妮正把整个人埋没于陈旧的稿纸堆里，坐在一盏灯的光圈里面。

"你到底在搞什么名堂呀？"

"只是看看昔日'编故事俱乐部'的一些奇谈。因为我拼命地看书，头感到有些不舒服，眼睛望出去都变成了蓝色。所以把旧皮箱的旧稿子都翻出来看看。流了一些眼泪以后，感觉好受多了。"

"我也陷入了忧郁的深渊呢！"史蒂拉躺在睡椅里面说，"我已经没有那股劲啦！安妮，咱们活着到底是为什么啊？"

"史蒂拉，那是你的头脑太疲倦，以及受到天气影响的缘故。尤其是逢到下雨的夜晚，每个人的情绪都会变坏。你当然也知道人生是需要不断地充实的啊！"

"我也那样想，可是现在的我，根本就振作不起来啊！"

"你就想想曾经在这个世界上生活过的伟大人物吧！"安妮严肃地说，"我们生存在他们后面，继承他们的思想、行为，如此一来，人生不是会充满意义吗？同时为了将来出现的伟人，我们也能够尽量开拓他们将要走的道路啊！这样也能够使我们的生活充满意义呀！"

"安妮，我的头脑赞成你的说法，可是我的心胸仍然阴郁着呢！逢到雨夜，我都会变得无精打采。安妮，你在笑什么呢？"

"我看了这些故事以后，情不自禁就笑出来了呢！如果是菲儿的话，一定会说受不了啦！故事里的所有人物，到头来都会死呢！我们创造出来的女主角嘛……标致得叫人头晕目眩！她们哪！不是穿着绸缎，就是身着天鹅绒的衣服，又有闪亮的宝石、花边、镶边……这里有一则琴恩撰写的故事，女主角竟然穿着珍珠镶边的白绸缎睡袍呢！"

"你再说一些给我听听。人生只要有笑料，就会叫人感到有生存下去的意义。"

"以下是我撰写的故事，我的故事里的女主角嘛……从头到脚都有闪闪发亮的钻石，整天流连于豪华的舞会里面。事实上，美丽豪华的衣服又有什么用呢？有道是'荣华的道路都通到坟场'，到头来不是被杀，就是在悲叹声中死去。根本就没有一个人能够逃过啊！"

"你就念你写的故事给我听听吧！"

"好吧！以下就是我的作品，故事的名字就叫《我的坟墓》。我在撰写这故事时，流了很多泪水。其他的少女听了以后，更流下了瀑布般的眼泪呢！琴恩更是泪眼滂沱，因为哭湿的手帕太多，被她母亲大骂了一顿。在这故事里面，我描写美以美教会牧师夫人流浪的经过。她流浪到一个地方，就要埋葬一个孩子。她总共有九个孩子，他们的坟墓从纽芬兰分布到潘库巴。

彼此之间离得很遥远。我刻意描写孩子们，再叙述他们临终的场面，同时，还很用心地写了他们的墓志铭。本来，我准备把九个孩子都埋葬，但是处理了八个以后，我想象的种子就断了。以致，叫第九个孩子跛了脚，仍然让他活着……"

史蒂拉一面阅读《我的坟墓》，在悲剧性的文章中，咝咝笑起来。拉斯帝则躺在琴恩的稿子上面，盘成圆圆的姿势睡着啦！

安妮又阅读其他稿件，回忆着艾凡利小学时代，坐在松树下面、小河旁，撰写故事时的情景。在那个时代里，她们的生活是多么愉快啊！不管是希腊的古典、罗马的壮观，只要跟这些故事比起来，就会变得十分乏味。在那些稿件里面，有一篇是用包装纸书写的。想起这篇故事的发生地点和时间，安妮的灰色大眼中，充满了笑意。

安妮匆匆地看了那些稿子，再热心而仔细地阅读起来。那是户外的夜莺和守护花园的天使，在茂密的花间巡视时的一场对话。

读完这些稿子，安妮漠然地望着夜空，待史蒂拉走出去以后，她把稿件抚平，说了一声"我要好好地干"！

第三十六章

罗耶尔的母亲与妹妹们

"喏，姬茵西娜阿姨你瞧瞧，来了好多封贴着印度邮票的信件，"菲儿说，"三封是寄给史蒂拉的，两封寄给普莉西拉，乔纳斯寄了一封很厚的信给我。有一封印刷物是寄给安妮的。"

菲儿随意放下薄薄的信封后，安妮很快就把它拿了起来，她的脸上泛上了一层桃花色，但是并没有人察觉到。待两三分钟后，菲儿抬起她的面孔时，发现安妮的脸上闪耀着兴奋的光辉。

"咦？到底有什么事儿让你如此兴奋啊？"菲儿兴冲冲地问。

"其实也没有什么啦。两个星期之前，我投了一张素描到《年轻之友》杂志社去，现在被采用了。"

听安妮的口吻，仿佛素描被采用是家常便饭似的。

"安妮·雪莉，你真厉害！你到底投了什么素描呢？何时刊出来呀？他们给你稿费了吗？"

"嗯，他们寄来了十美元。而且还表示，希望看到我更多的作品呢！关于这点，我非常高兴成全他们。我寄给他们的那张素描是陈年旧作呢！我是从箱底把它取出来的。我稍微添加了几笔以后方才寄出去，并没有存着被采用的念头，谁知他们却很中意。"说到这里，安妮想到了"亚毕丽胎死腹中"的痛苦经验。

"安妮，你要如何用那十美元呢？是否请大伙儿上街喝个痛快呢？"菲儿如此提议。

"我打算快快乐乐地把它花掉，"安妮快活地说，"总而言之，这并非肮脏钱——它跟那篇被当成酵粉广告的作品不同。如果我使用那笔稿费购买衣服的话，每次穿那件衣服时，我都会对它产生憎恨之情。"

"你们想想看，芭蒂之家有一位活生生的作家呢！"普莉西拉说。"正因为这个家有一位作家，咱们的责任将非常之重大呢！"姬茵西娜阿姨说。

"说得极是！"普莉西拉装起了深刻的表情同意，"所谓的作家，也就是一种叫人头疼的动物呀，因为她不知会在何时突然地离家出走呢！而且，安妮可能会把我们当成模特儿写进她的小说呢！"

"我认为写作是一种很沉重的负担！"姬茵西娜阿姨说，"我希望安妮能够领略到这一点。我的女儿在走上外国传道之路以前，也是在撰写小说之类的东西。从事写作以后，她的眼光一天比一天高，最后以'绝对不写在葬礼上被朗读的东西'为座右铭。安妮，如果你决心要踏上文学之路的话，我希望你也把它当成座右铭。我女儿伊丽莎白每次这么说时，都会大笑出来。

正因为她时常在笑，我实在想不透她为何会选择宣教士为职业。我实在很高兴女儿选择了这条路——因为在以往，我时常如此祷告——不过有时我也会认为她不应该踏上这条路。"

在那一天里，安妮的眼睛一直在发亮。因为她已经萌生出了对文学的野心，这种野心已经在她的心灵里缓慢地成长。这种高昂的情绪在她参加乔尼·古柏的送别大会时，仍然不曾消失。

即使当吉鲁伯特跟克里斯廷肩并肩，恩爱万分地走在她和罗耶尔的前面，也不能抹灭她内心的希望。不过，安妮并没有得意忘形到不曾注意克里斯廷的脚步有一点笨拙的样子。

"哼！吉鲁伯特也开始注重面子了！男人哪，都差不多！"安妮有点轻蔑地想着。

"星期六下午，你会在家吗？"罗耶尔问。

"会啊！"

"那一天，我的母亲和妹妹会去拜访你。"罗耶尔心平气和地说。

听了这句话，安妮的内心感觉到一阵战栗，然而这种战栗并不叫人感到愉快。安妮从来就不曾碰到过罗耶尔的家族。因此罗耶尔所说的话，叫她的内心感到沉重，接着她又感觉到一阵寒意，看起来，似乎已经到了不可挽回的地步。

"我很高兴她们的驾临。"安妮率直地说——但是，她立刻对自己说，那件事果真能够叫我感到快乐吗？与其说这件事情能够叫安妮感到高兴，不如说那是一种考验。想必为了这次访

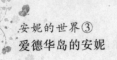

问，罗耶尔已经感受到了相当的压力。

安妮很清楚，到时，她将很慎重地被检讨，以及被考虑。不管罗耶尔的家族看到了安妮后是否会感到高兴，或者会感觉到不悦，既然已经答应了对方访问的要求，那就只好硬着头皮接纳她们了。

"我就毫不矫饰地对待她们吧！我不会为了给她们好印象，去百般讨好她们！"

安妮下定决心，绝对不以卑屈的态度对待她们。但是，她在内心里盘算着——星期六下午应该穿什么衣服？头发是否应该梳高一些？以迎合流行？正因为如此，她不能全身心地融入步行大会。到了那天夜晚，安妮才下了决心，头发要让它们自然地地垂下来，穿茶色的绸缎衣服。

在星期五下午，四个小淑女都没有课程。史蒂拉趁这段时间撰写论文，以便向研究会提出。她占据客厅角落的一张桌子，并且在四周散满了笔记簿和稿纸。

史蒂拉说，每写完一张稿纸，她就必须把它抛到别处，否则的话，她就无法继续写下去。安妮穿着裙子和法兰呢的外衣，刚刚散步回来。她的头发有些散乱。此刻她正坐在客厅的中央，手里拿着鸡骨头逗着雪拉猫。

约瑟夫跟拉斯帝坐在安妮膝盖上。屋里弥漫着一股香气。原来，普莉西拉在厨房煮东西呢！不久以后，穿着宽松烹饪衣，鼻尖上沾着面粉的普莉西拉走了进来，她捧着洒着粉糖的巧克力蛋糕让姬茵西娜阿姨瞧瞧。

就在这个时候，大门口的门铃响了起来。只有菲儿注意到这一点，她认为是店员把她上午购买的帽子送来了呢！于是跑出来开门。原来，站在门口的是卡多纳夫人和她的女儿们（罗耶尔的母亲与妹妹们）。

安妮突然站立起来，她膝盖上的两只猫儿也跳了下来。安妮再也顾不了猫儿，机械地把右手拿着的鸡骨头移到左手。

本来，正要走到厨房的普莉西拉，慌慌张张地把蛋糕放进炉边沙发的坐垫下面，再奔到楼上。史蒂拉慌慌张张地在整理她的稿子。唯有姬茵西娜阿姨和菲儿不曾慌张。看到她俩的沉着，安妮也逐渐恢复了常态。

普莉西拉脱掉了烹饪衣，擦掉了鼻尖的面粉，从楼上走下来。史蒂拉有一点尴尬地把自己的角落收拾好。菲儿以轻松的话题，淡化了那种尴尬的场面。

卡多纳夫人的个儿高挑，长得仪表出众——虽然有一些矫揉造作之嫌，但是仍然不失为可亲的美女。亚莱茵·卡多纳仿佛是年轻时的卡多纳夫人，尽量装成和蔼可亲的样子，然而，她的语气举止仍嫌傲慢。

桃乐蒂·卡多纳长得窈窕，是个个性开朗的姑娘。安妮知道她就是罗耶尔最疼爱的妹妹，所以对她存有好感。如果她的眼睛为擅长做梦的黑眼睛的话，她必定长得跟罗耶尔一模一样，然而，她的眼睛为茶色，带着一种胆怯的表情。

由于桃乐蒂与菲儿的鼎力帮忙，这次访问，除了稍微紧张，以及一两件事情之外，大致上进行得非常顺利。被忽略了的拉

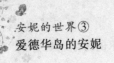

斯蒂和约瑟夫展开了赛跑游戏，它俩犹如一阵疾风跳到卡多纳夫人的绸缎衣服上，再仿佛一阵旋风地跃下。

卡多纳夫人摘下了她的眼镜，第一次看到猫儿似的，凝视着它俩蹦跳的情形。安妮极力忍住欲笑出来的冲动，诚心诚意地向卡多纳夫人赔罪。

"你喜欢猫儿吗？"卡多纳夫人很惊讶地问。

安妮虽然很疼拉斯帝，然而，她并非特别喜欢猫儿。卡多纳夫人问那句话的口吻，叫她产生了反感。她想起了吉鲁伯特母亲喜欢猫儿的事情，只要吉鲁伯特的父亲不反对，吉鲁伯特的母亲就会陆续饲养很多的猫儿。

"猫儿不是很可爱吗？"安妮说。

"我从来就不曾饲养过猫儿呢！"卡多纳夫人有些不以为然地说。

"我喜欢猫儿，"桃乐蒂说，"猫儿的脾气叫人无法捉摸，而且又任性得很。狗儿很善良，丝毫没有可挑剔之处。因此，反而会叫人感到不是滋味。至于猫儿嘛……通常都有些灵性。"

"那一对古老的陶器狗很有趣。能够让我们仔细瞧瞧吗？"亚莱茵如此说着，来到了暖炉的方向。虽然她是无心，但是又造成了另外一件事情的产生。亚莱茵抓起了马狗狗，坐在普莉西拉藏着蛋糕的坐垫上面。

普莉西拉跟安妮交换了一个眼色，但是她俩一点也无能为力。亚莱茵大大方方地坐着，一直到回去以前，一座山似的稳稳地坐在那儿，对陶器狗发表长篇大论。

逗留在那儿的那段时间里，桃乐蒂一直握着安妮的手，有些冲动地嗫嚅着："你一定能够跟我和睦地相处。罗耶尔已经告诉我有关你的一切了。罗耶尔实在值得同情呢！因为，他只能够对我畅所欲言，对于母亲和亚莱茵却无法做到这种地步。我想，你在此地的生活一定很惬意。我能够时常到这儿来跟你闲聊吗？"

"欢迎随时光临。"安妮从内心说出了这句话。

能够跟罗耶尔的一个妹妹意气投合，是一件值得庆幸的事情。至于亚莱茵嘛……安妮就不可能喜欢她了。亚莱茵想必也不喜欢安妮吧？对于赢得罗耶尔母亲的心，安妮并没有很大的把握。但是当她回去时，安妮却大大地舒了一口气。

从舌头和笔尖发出的可悲词儿当中，最为可悲的一句话，不外乎，"会变成什么样呢！"

普莉西拉拿起了坐垫，以悲剧的口吻引用了这一句话："如果有人说，这个蛋糕是被压扁的失败之作，我也无话可说啊。而且坐垫也沾满了蛋糕呢！你们就别说星期五是不吉利的日子吧！"

"明明是说星期六要光临，结果却在星期五突然出现！这真是无礼之举呢！"姬茵西娜阿姨说。

"很可能是罗耶尔弄错啦！"菲儿说，"当他和安妮在交谈时，根本就不知道自己在说些什么呢！咦？安妮到哪儿去啦？"

原来，安妮已经爬到了楼上。安妮有了一种想哭的冲动，但是她并没有哭，反而勉强地笑了起来。拉斯帝跟约瑟夫太过分啦！而桃乐蒂是一个很可爱的姑娘。

第三十七章

名列前茅的毕业生

"我真想一死了之呢！不然的话，现在就变成明天晚上吧！"菲儿抱怨说。

"只要你活得够长，今、明两天都能够存在啊！"安妮悠然地说。

"你当然会说风凉话啰！因为'哲学'是你的拿手科目啊！我却最害怕它呢！如果我考坏了，乔纳斯会怎么说呢？"

"你不会考坏的，今天的'希腊语'考得如何？"

"我也不知道啊！或许，荷马会在坟墓里惊跳起来呢！待这场学力测试完了以后，我菲儿就要大玩特玩！"

"什么叫'学力测试'呀？我从未听过这个字眼。"

"咦？我难道没有制造新词儿的权力吗？"

"词儿不是制造出来的，而是产生出来的……"

"我不管啦！我已经瞧到前方的碧海了呢！那儿根本就没有考试的压力……大伙儿，你们认为咱们就要结束雷蒙的生活了吗？"

"我倒是没有那种感觉呢！"安妮悲伤地说，"我跟普莉西拉仿佛在昨天才进来。想不到，咱们已经是参加最后考试的四年级学生了。"

"'什么都强，又聪明、又值得尊敬的大学四年级学生'，"菲儿引用了名句，"我是否比刚来时更为聪明？"

"偶尔仍然有不够聪明的举止呢！"姬茵西娜阿姨不客气地批评。

"噢……姬茵西娜阿姨，您担任慈母角色的这三年，大致上说来，我们是否变成了很好的姑娘家呢？"菲儿问道。

"你们四个女孩子，是这以前，所有毕业于大学的女孩中，最可爱、最温柔的姑娘。不过，在判断力方面，还是不能太信赖。但这方面是不能期待的，只能依靠经验了。这种东西嘛……在大学里是学不来的。你们上了四年大学，我根本就不曾上过大学，可是我知道的事情却比你们多。你们除了在雷蒙学到了什么古文，还学到了什么东西呀？"

"当然有啊，"菲儿说，"魏教授说：'所谓幽默的人，是人生的飨宴中风味最好的调味料。我们可以嘲笑自己的失败，再从那里学习。嘲笑困难，然后彻底地打败它！'姬茵西娜阿姨，这些不是有学习的价值吗？"

"嗯……菲儿，应该笑的时候就笑，不应该笑的时候不该笑。必须做到这样，你才能够被称为有智慧和有理解力的人。"

"安妮，你从雷蒙的生活中，学到了一些什么呢？"普莉西拉小声问。

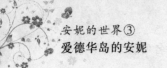

"我嘛……"安妮缓慢地说,"我把小障碍看成一种试练,大障碍则看成胜利的预报。我很实际地学到了这一点。"

姬茵西娜阿姨说:"综合你们所说的话儿——归纳起来是这样的——只要有气魄,在大学的四年里,就可以学到二十年漫长生活所教的东西。由此看来,我也得承认高等教育的重要性才行。"

"所谓的有'气魄'的人,到底是啥东西呀?姬茵西娜阿姨,你能告诉我吗?"菲儿要求。

"我不想说明它的含义。只要是具有魄力的人,自然就能够明白,至于没有魄力的人嘛……怎么对他说明也没有用!"

忙碌的日子成为过去,考试好不容易都结束了。安妮在英国文学方面荣获优等奖,普莉西拉凭古典文学独占鳌头,菲儿的数学获得了优等的成绩,史蒂拉则在多方面获得了好成绩。毕业典礼终于来临了。

在毕业典礼前夕,安妮收到两束鲜花。一束是罗耶尔赠送的紫罗兰;另一束是铃兰花。这铃兰花使安妮想起了六月来临时,绽开于绿色屋顶之家的铃兰花。而且,花束旁边有吉鲁伯特的卡片。

安妮走出芭蒂之家,朝着毕业典礼场地出发以前,不知怎的,突然放下了罗耶尔的紫罗兰,把吉鲁伯特的铃兰花插在胸前。

多年宿愿得偿以后的安妮,又再度想起了艾凡利的那一段岁月,在那儿编织的美梦,以及青梅竹马的游伴。安妮和吉鲁伯特终于以文学系的毕业生身份,戴上了学士帽,穿上了学士服。在这种情形之下,哪有罗耶尔的席位呢?反而是安妮跟幼时的朋友，以及共同希望的花朵结成了硕果。正因为如此，旧友赠送的花儿，就占尽了安妮的心灵。

好多年的宿愿终于得偿。不过那一天，唯一叫安妮烙上了记忆的是——雷蒙学长交给她帽子与毕业证书，并呼叫安妮为文学士时，她内心萌生出的一种奇妙的、难以言表的苦痛。

那一夜，文学系的毕业生召开了庆祝舞会，安妮打扮好以后，带上了珍珠项链，再从旅行箱里取出圣诞日被送到绿色屋顶之家的小盒子。那里面装着一条金锁项链，附带一张卡片写着——"希望你永远幸福！好友吉鲁伯特赠"。这条项链，使她想起了吉鲁伯特叫她"红萝卜"的那件事情，以及他用心形糖果想恢复友谊，而惨遭失败的种种事儿。

安妮想到了过去的种种，不觉莞尔一笑，写了一封谢函寄给吉鲁伯特。不过，安妮始终未曾戴过那条项链，今晚，她将第一次微笑着戴上它。

安妮跟菲儿一块走到学校时，菲儿突然说："我今天听人说，毕业以后，吉鲁伯特就要跟克里斯廷订婚呢！你难道没有听到？"

"没有啊！"

安妮没有说什么，不过，在黑暗里，她感到脸上变得火辣辣的。安妮伸手到衣领内侧，取下项链，把它扔进口袋，眼睛感到一阵刺痛。

不过那一晚，安妮比任何人都忙得起劲。吉鲁伯特要求共舞时，安妮借口男伴太多，始终没有给他机会。

第三十八章

爱情的真相

"想想看，下周的这时候，我就已经回到艾凡利啦！"安妮说着，俯身在大旅行箱上整理林顿夫人的被单。"不过，下周的今夜，我就要永久离开芭蒂之家啦！我真不想离开呢！"

"到时，咱们笑声的精灵，很可能会把芭蒂跟玛莉亚两个老女人吓醒呢！"菲儿开始沉思。

芭蒂之家的主人——芭蒂跟玛莉亚两位老小姐就要回来啦！

"我们在这儿描绘过美梦，在这儿体验过喜怒哀乐，看来，这栋房子将带上咱们特有的个性。待五十年后，我再回到这儿时，这栋屋子也许会问我：'安妮……安妮在哪儿啊……'咱们在这儿度过了美好的日子，实在舍不得离开它呢！不过，到了六月，我就要跟乔纳斯结婚了。"

"也许，日后有更为欣喜的事情降临在我们身上，不过，这种无忧无虑的生活，再也不会来临了！"

"那么，要怎么处置拉斯帝呢？"看着进入房间的特殊阶级猫，菲儿如此问。

"拉斯帝、约瑟夫跟雪拉，我会统统带走，"姬茵西娜阿姨说，"它们已经在一起生活惯了，不宜把它们分开。"

就在这时，罗耶尔来探望安妮。他俩就并肩走向公园。罗耶尔带着安妮，走到他俩初次邂逅、一块儿避雨的帐篷，突然向安妮求婚。他求婚的过程很像琪丽儿的男朋友，仿佛从《恋爱指南》上背下来一般，充满了动人的文句和字眼。整体效果堪称甚为美好。安妮以为她会浑身打哆嗦，实际上并没有。她冷静得可怕。待罗耶尔闭口、等待回答时，安妮恰如站在绝壁上而节节后退一般，不停地发抖。

她抽出了被罗耶尔握着的手儿，颤抖着声音说："噢……我……我……我不能跟你结婚！我不能……"安妮发狂一般地叫道。

罗耶尔的脸孔顿时变得苍白，很明显被吓呆啦！他原以为会万无一失呢！

"这——到底是——怎么——一回事啊？"罗耶尔有一点口吃。

"因为，我并没有喜欢你到结婚的程度啊！"

罗耶尔的面孔顿时发红。"那么，两年来，你都是在玩弄感情吗？"他以缓慢的语气说。

"噢……绝对不是，不是那样……"可怜的安妮一直在呻吟——唉……我应该如何说明才好呢？过了一会儿，她才说道，"本来，我以为自己在……爱你……一直到最近……方才知道并不是那样……"

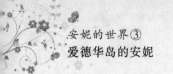

"你毁掉了我的一生。"罗耶尔欲哭无泪地说。

"请你原谅我……"

"那么，就此告别了，"罗耶尔说，"我实在不明白，你看来的确爱过我，怎么会……反正现在说什么都多余了。我只爱你一个人，谢谢你两年来的友情。告别了！安妮。"

"保重……"安妮的声音在发抖。

罗耶尔走了以后，她坐在帐篷里面，痴痴地望着白雾侵入港口。一直到四周完全暗下来后，她方才回到芭蒂之家，想不到菲儿正在等着她。

"菲儿，你想知道的事情，我就统统说给你听吧！我拒绝了罗耶尔的求婚。"

"什么？拒绝啦？安妮，你有没有发疯呀？"

"我怎会发疯呢？你就不要骂我了！"

"我实在不懂，你跟他认真地交往了两年，怎么说散就散了呢？我实在不敢相信你是玩弄感情的人！"

"我并没有玩弄他的感情呀！一直到最后，我以为自己爱的人就是罗耶尔呢！不过，我突然感觉到不能跟他结婚。"

"你本来是为了金钱想嫁给他。结果良心发现，不想这么做，对不对？"菲儿十分残酷地说着气话。

"你不要冤枉我！我从来就不曾想到他的金钱。"

"不过，你对罗耶尔太残酷了！"菲儿愤怒地说，"他是好青年，聪明、有钱，难道你还不满足？"

"我喜欢属于相同生活圈子的人，罗耶尔并不是。最初，由于他的容貌，以及浪漫的谈话方式，叫我深深地迷恋他，而且，他又有我最憧憬的黑色眼睛，以致叫我产生自己正在恋爱的错觉。"

"唉……真可怜……"菲儿的心软了下来。

"安妮，你过来，我来好好地安慰你。我实在没有责骂你的权力。如果我不曾碰到乔纳斯，我很可能就跟亚兰索或者亚力克结婚了呢！噢……安妮呀！现实世界好复杂，并不像小说所描写的那样单纯啊！"

"在我有生之年，希望不再有人向我求婚……"可怜的安妮啜泣了起来。

第三十九章

种种婚礼

安妮回到绿色屋顶之家的两三周之内，她发觉人生有些意犹未尽的感觉。她很想再重温芭蒂之家朋友齐聚一堂的美梦。本来描绘着华丽的美梦，谁知却被埋葬于土壤里面了。安妮认为陪伴着梦的孤独感固然美妙，但是没有梦的孤独却毫无魅力可言。

自从在公园里跟罗耶尔分手后，安妮再也不曾碰到过他。但是安妮在离开金斯伯德的前一天晚上，罗耶尔的妹妹——桃乐蒂曾经去看过安妮。

"真遗憾，你没有嫁给罗耶尔。我实在很喜欢你当我的嫂子。或许你做得对，罗耶尔是可爱、温和的青年人，但是，他这个人实在不够风趣。"

"为了这件事，我跟他的友谊已经完了吧？"安妮很悲哀地问桃乐蒂。

"不会的。你不要再对他存着内疚之心。的确，目前罗耶尔不停地针对你的事情，对我发牢骚，但是，他很快就会忘记这件事情的。"

"什么？很快就会忘记？"

"嗯……以前也有过两次。罗耶尔都对着我大发牢骚，不过她们并非拒绝罗耶尔，而是跟别人订婚。所以说，你大可不必自责。"

安妮听了桃乐蒂的话儿，心情开朗了不少。同时她也稍感愤怒，因为她根本就不是罗耶尔嘴里的——他的第一个女朋友。不过这样也好，至少，安妮并没有毁了他一生的幸福。

回到绿色屋顶之家的安妮，满脸悲哀地从楼上下来。

"玛莉娜，那棵古老的冰雪女王到底怎么啦？"

"噢……我想你会大感惊讶的！我也觉得非常可惜呢！那棵树在我孩童时代时，就在那儿了呢！三月的大风把它吹倒啦！原来，它的根部已经腐烂了。"

"我的房间外头没有了它，根本就不像以前的样子了啊！每次往外瞧时，我都感到很寂寞。而且我回到绿色屋顶之家时，第一次没有黛安娜来迎接。"

"如今的黛安娜，不比以前喽！"林顿夫人意味深长地说。

"林顿夫人，你说些艾凡利的新闻给我听吧！"

坐在入口处台阶上的安妮，一头秀发正任由夕阳投注着黄金之雨。

"没有什么大新闻，只有赛门·弗雷杰上周折断了腿骨这一件。正因为这一次负了伤，他再也不会阻碍家人去做事了！"

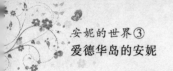

"你还没告诉安妮有关琴恩的消息呢！"玛莉娜提醒了林顿夫人。

"噢……是琴恩吗？"林顿夫人嗤之以鼻地说，"琴恩从西部回来啦！她就要跟威尼堡的富翁结婚了呢！"

"真叫人怀念！我好高兴！"安妮打从心眼儿里说出这句话，"琴恩有资格享受这个世界的幸福。"

"嗯……我也不想说琴恩的坏话。她的确是一个好姑娘，不过她并非富豪阶级。而且那个男人哪！除了有钱，一无是处。哈蒙太太说，她未来的女婿是采金矿发财的英国佬。依我看哪！他很可能是美国的北佬。他给琴恩的订婚戒指上面有一颗很大的钻石，就像膏药丸！"

"吉鲁伯特在大学里干些什么了呀？"玛莉娜问，"上周回来时，我发觉他脸色不好，人也瘦了一圈呢！"

"今年冬天，吉鲁伯特太用功了！他得到古典文学的最优等奖和古柏的奖学金呢！正因为如此，他感到有点疲惫。"

"反正，你已经是一位文学士啦！而琴恩却没有这种能耐！"林顿夫人又损了人，似乎感到有那么一点儿满足。

两三天后，安妮去找琴恩时，琴恩因为到夏洛镇订制行头而不在家。

"艾凡利的东西，琴恩根本就不看在眼里。"哈蒙夫人很得意地说。

"听说，琴恩的情况非常好——"安妮有点心在不焉地说。

"是啊！她虽然不是什么文学士，但是混得非常不错呢！"

哈蒙夫人把头抬得很高，说道："他俩要到欧洲蜜月旅行，回国以后就住在大理石雕砌的豪华邸宅内。琴恩本来很善于烹饪，但是我的准女婿不让她下厨房。反正有钱嘛！不但雇用厨师、女仆、车夫，还有好多仆人呢！怎么？你大学都毕业了，还不准备嫁人啊？"

安妮笑着说："噢……我很可能成为老小姐呢！因为，我很难找到合适的对象。"

"对啊，越是东挑西选，越有变成老小姐的可能！听说吉鲁伯特订婚啦！对方是很标致的姑娘家……"

安妮感到无聊透顶，不想跟眼高于顶的势利老太婆耗下去了，于是匆匆告辞。

琴恩的富豪夫婿在五月十三日抵达，在一片绚烂中带走了琴恩。林顿夫人眼瞧着那英国佬已四十多岁，个儿又矮又小，掺有不少白发时，又开始损人啦！

"那种人哪！为了要使自己看起来体面一些，全身都得用金子砌起来才行呢！"

几天后，黛安娜带着儿子回娘家，安妮看到脸色苍白的年轻母亲——黛安娜时，以一种近乎害怕的尊敬之念看着她。

"这个孩子不是很可爱吗？"黛安娜傲然地说。

白白胖胖的婴儿，简直跟弗雷德一模一样。安妮不敢说他很漂亮，但是由衷地说，他是很可爱，叫人有亲吻他的冲动。

"安妮，在生这个孩子以前，我一直希望生个女孩子，那样，我就可以叫她安妮，谁知竟生了一个小弗雷德。不过话又

说回来啦！他也是我最心爱的宝贝呀！"

　　眼看着儿时的玩伴，个个都有归属时，安妮感到格外寂寞。她踏着白桦之道回家。这一条小径已经有好几个月不曾走过了。

　　那一晚，小径两旁开满了紫色的花朵，飘散出了浓郁的香气。小径的桦树，几年前还是树苗，现在已经欣欣向荣地向天空发展。一切的一切都变了样。安妮希望夏天快点过去，早早开始工作，只要忙碌起来，什么烦恼、忧愁都可以暂时抛开。

　　"我走到世界看看——世界已经没有了往日的浪漫气息。"

　　安妮如此说着，又叹了一口气。如此一来，那句"世界已经没有了往日的浪漫……"的浪漫想法，立刻给了安妮莫大的安慰。

第四十章

《默示录》

艾宾家的人回到回声山庄度假，安妮也到那儿凑热闹，快乐地在石屋住了三个星期。拉宾达小姐依然没变。乔洛达四世变成了不折不扣的淑女。至今她仍然十分崇拜安妮。

"安妮小姐，找遍整个波士顿，根本就看不到能够跟你相提并论的姑娘。"乔洛达四世率直地表明。

保罗已经十六岁，几乎长成了大人。他那栗色的鬈发，修剪成了年轻人的发型。如今，他比起妖精的世界和岩岸边的人来，更喜欢足球。不过，他跟安妮还依旧保持着"同类"的关系，丝毫没有改变。

安妮在七月下雨而荒凉的夜晚回家。夏天的暴风正在海上掀起大浪，安妮进入屋里时，雨点正哗啦哗啦地打在窗上。

"送你回来的人是保罗吗？"玛莉娜问，"你为何不叫他住下来呢？很可能会有一场大雨呢！"

"我想在下大雨以前，他已经回到家里了。他坚持要回去

呀！不管走到哪儿，还是自己的家最好。咦？德威，你好像又长高啦？”

“安妮姐姐，我又长高一寸了呢！”德威很自豪地说，“现在我差不多跟米鲁帝一般高大啦！安妮姐姐，你知道吗？吉鲁伯特就快死了呢？”

安妮凝视着德威，哑然无言地站在那儿。脸色十分苍白。

“那……那是真的吗？”安妮感觉到这好像不是发自她喉咙的声音。

“吉鲁伯特的情况非常不妙。你到回声山庄时，他患了伤寒症，你不曾听到这件事情吗？”

“没有啊！”

“一开始就很严重，医生说他的身体很弱。他家里的人为他请了护士，可以说尽了心啦！安妮，你不要太悲伤，只要还活着，绝对是有希望的。”玛莉娜安慰地说。

“哈里森叔叔说，吉鲁伯特没有指望了！”

德威如此一说，玛莉娜疲倦万分地站起来，板着面孔把德威赶出厨房。

“啊……安妮，你不要那样……”林顿夫人把她的手放在安妮的肩膀上面说，“我想吉鲁伯特不会有事的，所幸，他拥有布莱斯家良好的体质。”

安妮对林顿夫人道了一声晚安后，走上了自己在楼上的房间，跪在窗边。四周一片黑暗，雨点打在田园的农作物和树木上面。由于大小波浪不断地侵袭海岸，空气正在发狂求救。而

且，吉鲁伯特正在跟死神搏斗。

恰如《圣经》有所谓的《默示录》一般，每个人的生涯也都有《默示录》。安妮在暴风雨与黑暗之中，因为受到苦恼与悲伤的煎熬，整晚不眠地阅读自己的《默示录》。

原来，安妮一直深爱着吉鲁伯特，目前仍然爱着他！现在，她已经完全明白过来了。就仿佛不能斩断自己的右手一般，她绝对不可能毫无痛苦地抛弃吉鲁伯特。这种开悟未免来得迟了一些——到了吉鲁伯特临终的现在，已经无法做任何补偿了。如果自己不那么盲目，不那么愚笨——现在就有到吉鲁伯特身边的权力了。

最糟糕的一件事情，是吉鲁伯特将在不知安妮深爱着他的情况下，抱憾终身！

天哪！在安妮的面前是一大片空虚而黑暗的岁月！她将如何度过那些岁月呢？安妮失神地蜷伏在窗边，第一次在花般年华里，希望自己也远赴幽冥世界。如果不能对吉鲁伯特留下一句肺腑之言，或者给他表示心意的任何之物，自己是无法活下去的。没有了吉鲁伯特，什么东西都没有了价值。

"我是属于吉鲁伯特的，而吉鲁伯特也是属于我的。"在极度痛苦中，安妮才察觉到自己对吉鲁伯特的爱已经没有怀疑的余地。而且她也确信，吉鲁伯特不曾爱过克里斯廷，一次也不曾爱过呢！

自己实在太愚痴了，连吉鲁伯特跟自己的感情都察觉不出来。而且，还对着罗耶尔的一片好感与喜爱，误认为那就是爱

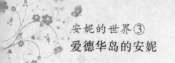

情，就仿佛一个犯了十恶不赦之罪的人。自己必须向吉鲁伯特请罪。

林顿夫人和玛莉娜在临睡前，悄悄来到安妮的房门口巡视。因为里面一片静谧，没有任何声响，她俩也就摇摇头走开了。暴风雨肆虐了一夜，到了第二天清晨就完全停止了。不久，东方山丘顶端因为受到朝日的照射，染成了红宝石的颜色，云朵在地平线形成巨大柔美的白色块状物，天空里充满了银色的光辉。

安妮站了起来，走到楼下。清爽的晨风吹拂着安妮充血的眼睛。小径那儿传来吹口哨的声音，接着，出现了巴西飞克的人影。

安妮的体力很衰弱，如果不抓着杨柳枝，她差不多要倒下去了，巴西飞克是乔治·弗雷德家的长工，而乔治家跟布莱斯家毗连。安妮在想——问问巴西飞克，他可能会知道。

安妮想叫巴西飞克，但是她虚弱得叫不出声音。当她眼看着巴西飞克就要走过去时，才使出吃奶的力气喊了一声："巴西飞克！"

巴西飞克露出牙儿一笑，跟安妮打了个招呼。

"巴西飞克，你今早是从乔治先生那边来的吗？"安妮有气无力地问。

"是啊！"巴西飞克回答，"昨夜，家里的人通报我，说我父亲病了，因为当时风雨太大，不便出门。所以我今天起了个大早，想抄森林近路回家。"

"吉鲁伯特的病情怎么样了？"

"幸亏已经好转了。医生说很快就会痊愈的。真是千钧一发呢！布莱斯少爷在大学里，竟然把身子弄坏了！"

巴西飞克吹着口哨走过去。安妮目送着他，昨夜满腔的悲哀与苦闷，一下子就被雀跃的心情赶跑了！巴西飞克一身破烂，人又长得其貌不扬。不过，因为他带来了好消息，在安妮眼里，他竟然美如天使。

待巴西飞克爽朗的口哨声逐渐化成音乐的幻影远去之后，安妮虽然还蜷伏在柳树下，但是她的阴霾已经全部消除，取而代之的是人生甘美的琼浆。在安妮的身旁，玫瑰绽开了，花瓣沾满了水晶一般的露水。树上的小鸟儿也跟着安妮的心境愉悦地唱和起来。

第四十一章

真诚之爱

"我穿过了九月的森林，越过绽放芬芳的小山坡，特来此地邀请你到我俩昔日的地方一游，"吉鲁伯特突然在出现大门口，"安妮，你有兴趣到赫斯达的庭园一游吗？"

安妮正坐在台阶上面，腿上摊着一件衣服，抬起稍感困惑的脸儿看吉鲁伯特。

"吉鲁伯特，我是很想去……"安妮缓慢地说，"可是，我走不开呀！今夜，艾丽斯要举行婚礼，我得稍微修改一下这件衣服，待衣服修改后，差不多就得上路啦！"

"那么，明天下午行吗？"吉鲁伯特并没有表现出失望的样子。

"嗯……明天下午可以！"

"那太好了。我现在就回家把明天的工作都解决掉。安妮，今年夏天你参加了三次婚礼——菲儿、琴恩以及艾丽斯的。琴恩竟然不曾邀请我参加婚礼，我是永远不会原谅她的！"

"只要你看到琴恩的亲戚把屋里挤得水泄不通，你就不会怪她了。那些人还不能全部进入屋里呢！琴恩的母亲是为了向我示威，才允许我参加婚礼呢！"

"据说琴恩的身上有很多钻石，以致让人看不出琴恩的身体在哪儿，难道真的有那么一回事吗？"

安妮笑着说："就是嘛！珠宝、装饰实在太多啦！几乎把娇小的琴恩都给埋没了呢！"

"那么，我明天再来吧！今夜，你就好好去快乐一下吧！"

安妮看着大踏步走路的吉鲁伯特的背影，觉得他实在太亲切啦！简直亲切得有些离谱。他的病体恢复以后，频频到绿色屋顶之家走动。不过，安妮对于他俩之间的友情，再也不能感到满足了。因为比起爱情的玫瑰来，友情的花朵已经显得微不足道了。

不过，安妮担心吉鲁伯特还爱着克里斯廷，搞不好，他可能跟她订婚了呢！想到此，安妮只好把没有指望的希望，逐出自己的心坎，试图以工作来填补精神方面的空虚。她想——自己可以从事清高的教书工作。同时，她的小品文也颇受到报章的编辑欢迎，将来也许可以在文学方面占一席之地。

吉鲁伯特在第二天下午拜访时，安妮身上穿着绿色的衣服——她并没有穿着它参加艾丽斯的婚礼，因为它是安妮在雷蒙学院就读的时候，吉鲁伯特频频称赞的衣服。这件衣服能够美妙地衬托出安妮的发色、星星一般的灰色眼睛，以及象牙似的皮肤。在森林小径上行走时，吉鲁伯特不时偷偷地瞄着安妮，

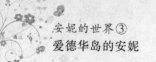

覚得安妮从未如此漂亮过。安妮也不时地瞧瞧吉鲁伯特，认为他病得实在苍老了不少，仿佛是永久丢弃了少年时代。

那一天的天气甚美，道路也很美。当他俩抵达赫斯达的庭园时，安妮感到未免太快就抵达目的地了，她希望一直跟吉鲁伯特并肩走路，闲话家常。这儿的风景很美、很宜人。睹景思人，安妮想起了昔日跟黛安娜、琴恩、普莉西拉在此地野餐的情景。那时，到处开着水仙花和紫罗兰。今天呢？则换成了黄色野菊花点缀着大地，还魂草在庭园投注了一片蓝色的霞霭。小河的呼叫声，穿过白桦树的山谷，在空中回荡着爱语。

"安妮，你想实现哪一种美梦呢？"吉鲁伯特问。

他语调里所隐藏的东西，使安妮的心如小鹿般乱撞起来。

安妮故作轻松地说："我们不可能把美梦全部付诸实现，不过，一个内心里没有美梦的人，生不如死。就像那西沉的夕阳，它一定能够吸取紫苑和羊齿草的香气，欣赏一下也不错。"

"我有一个美梦，"吉鲁伯特缓慢地说，"有好几次眼看着无法实现，但是我仍然紧追不舍。我是在做家庭的美梦。暖炉里有跳跃的火焰，有一些猫儿、狗儿，时常能够听到朋友的脚步声——还有你的存在。"

安妮想说一些什么，但是始终一言不发。

幸福的波浪，一波一波地涌向她，她简直有些承担不起呢！

"我在两年前问过你一句话，安妮。如今我想再问你，你会给我不同的答案吗？"

"可是……可是，我一直，一直认为你喜欢克里斯廷呢！"

吉鲁伯特犹如孩子一般笑了起来。

"克里斯廷早就订婚了呢！他的哥哥拜托我，克里斯廷到金斯伯德学音乐时，多多照顾她，就如此而已。安妮，除了你，我绝对不会去爱任何女孩。自从在小学时代，你使用石板敲我的头时，我就一直爱着你。"

"你为什么会爱满脸雀斑的我呢？实在叫人感到不可思议。"

"有一次，我真的不想爱你了呢！"吉鲁伯特坦白地说，"待罗耶尔登场时，我认为没有指望了，因为我认为你会嫁给他。一直到我卧病，热度稍退后，我仍然有这种想法。幸亏菲儿写信给我，她鼓励我再试一次，说你跟罗耶尔根本就不是什么情侣。看了这封信以后，我恢复得非常快速，就连医生也感到惊讶呢！"

安妮的心儿颤动了一下，再笑着说："我永远忘不了你病危的那晚。那时，我才恍然大悟，我原以为为时已晚呢！"

"不过，一切都过去了。安妮，我俩就把今天当做这辈子最美好的日子吧！"

"今天是我俩幸福的诞生日，"安妮柔情万种地说，"我本来就很喜欢赫斯达的庭园，今后我会更喜欢它！"

"可是，你得等我很久哦！"吉鲁伯特说，"还要三年，我才能够从医科学校毕业，而且我恐怕不能给你钻戒，以及大理石雕砌的客厅。"

"我才不稀罕那些东西呢！我要的是你的人……关于这一点

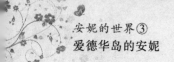

嘛，我或许比菲儿更厚脸皮呢！我俩能够彼此等待、彼此扶持、彼此勉励，一边做着美梦，一边过着幸福的生活……"

吉鲁伯特抱紧安妮，两个人热烈地拥吻。戴上爱之王冠和后冠的两个年轻人，在百花衬托之下，步上了小径。在夕阳斜照下，踏上了归途……